BADAWI

DU MÊME AUTEUR

Badawi (prix Plum'Adely), Actes Sud, 2002.
L'Hypothèse de Dieu, Actes Sud, 2006.
La Promesse d'Annah, Actes Sud, 2012.

ISBN 978-2-7427-9776-9

MOHED ALTRAD

BADAWI

roman

BABEL

J'ai commencé à chercher le repos en composant ce livre et j'ai fait de lui comme la complainte de la demeure et des êtres chers. Cela n'a aucune utilité et ne sera d'aucun secours, mais j'ai fait tout ce que me permettaient mes forces.

Usâma Ibn Munqidh (1172),
Le Livre des campements et des demeures.

1

L'enfant attendit que la femme se glissât hors de la tente en soulevant la couverture qui en barrait l'entrée. Alors, il se leva doucement, serra un linge sur ses épaules et passa l'ouverture à son tour. Au-dessus des collines, il n'y avait pas de frontière. Parfois, des cris d'animaux déchirant la nuit semblaient en tracer l'épure, pour un bref instant. Mais très vite les velours du désert et du ciel s'unissaient à nouveau, comme si la terre cédait aux caresses de la lune.

L'enfant observa la forme sombre de la femme se hâter dans la nuit. De temps à autre une étoile arrachait un éclat sourd aux piécettes qui bordaient la gaze tombant sur son front ou faisait luire l'os de poulet blanchi qu'elle portait cousu sur la tempe. Ses voiles et sa robe flottaient comme l'écume autour de ses pieds nus. Après avoir détaché un âne, la femme quitta le village et s'éloigna sur le chemin qui s'enfonçait dans les champs de coton. L'enfant la suivit.

Sous la lune rougeâtre qui pointait à l'horizon, l'âne et la femme avançaient d'un pas vif ; l'enfant marchait derrière eux. Il gardait prudemment ses distances, et s'écartait lorsque des pans de lumière échappés du ciel risquaient de dévoiler sa présence. A mesure qu'ils allaient, le chemin s'effaçait, cédant au sable des dunes et au ressac des pierres qui glissaient en vagues successives. Ils parvinrent ainsi au pied d'une colline où il semblait que la terre s'arrêtait.

Là, les ombres disparurent. L'enfant pressa le pas de crainte de les perdre mais lorsqu'il eut atteint le sommet de la butte, il s'immobilisa. En contrebas, des reflets miroitaient violemment, pareils à une armée en déroute, et cette vision emplit son regard tout entier. Ils scintillaient du plus loin qu'il pût voir, et leur fulgurance, imprévisible, se chargeait de fébrilité.

Le grand fleuve se déployait sous la lune. Il charriait ses eaux avec lenteur, emportant à regret les éclats de lumière, comme traînant après lui le souvenir d'espoirs qui ne veulent pas s'éteindre. A la limite imprécise du fleuve et du désert, de longues nappes de sel frangeaient l'eau, longs tapis de prière tissés de métal pur. Sur la berge, l'âne patientait tandis que la femme remplissait les bidons attachés à ses flancs. Sa tâche achevée, elle fit face au fleuve. Alors, lentement, elle entama une interminable incantation. Se baissant et se redressant, elle traça de son bras tendu le chemin des hommes, le chemin de leurs attentes puis, pour finir, éleva les bras vers les étoiles auxquelles, un long moment, elle offrit son visage.

Finalement, la femme se retourna et l'enfant put voir ses traits. L'âne à ses côtés, elle entreprit de gravir la berge pour s'en revenir au camp. Des gouttes, échappées des bidons, brillaient sur leurs traces. Lorsqu'ils arrivèrent près de lui, l'enfant se dissimula dans un repli des sables. La froideur du sol traversa son vêtement léger. Il aurait voulu rester là, se fondre dans la terre, s'évanouir dans la nuit, oublier sa tristesse et sa peur. Ne plus bouger ! Immobile comme le corps qui respirait à peine, là-bas, au village, sous la tente... Mais il n'était qu'un enfant. Lorsqu'il se releva, il vit qu'il était seul. Il courut pour rattraper les ombres. En courant, il fuyait toute pensée, et la course ravivait la fraîcheur qui demeurait sur sa peau.

Au village, la femme était en train de puiser de l'eau aux bidons. L'enfant put la voir emporter sa provision à l'intérieur de la tente. Il la rejoignit, pénétra, lui aussi, dans la tente, se glissa à nouveau sous la couverture, retrouva l'obscurité. Mais quelque chose avait changé. Dans un coin, un homme accroupi, le torse entouré d'un linge usé, psalmodiait, d'une voix monocorde, indifférent à ce qui se passait autour de lui, se balançant au rythme de sa propre voix, d'avant en arrière. Son visage se dessinait parfois, brusquement, lorsqu'il traversait la lueur fugitive des lampes, puis retournait à la pénombre. Pourtant, ce ne fut pas cette image étrange du vieillard, oscillant entre l'ombre et la lumière, qui arrêta l'enfant. Avant même qu'il ait pu le voir, les paroles de douleur de sa plainte avaient saisi son cœur :

Elle s'est éteinte comme un feu
qui n'a plus de braises.

2

L'enfant avait compris les paroles du vieillard mais ses larmes ne coulèrent pas. Il aurait voulu les sentir rouler sur ses joues, se reposer dans leur tiédeur, suivre leur parcours, des paupières aux lèvres, jusqu'au menton. Mais elles restaient prisonnières au fond de lui. Etrangement, il se sentit soulagé, presque heureux. Toute la nuit, il avait entendu les femmes aller et venir. A présent, l'attente avait pris fin.

Il se dirigea vers l'angle le plus sombre de la tente et s'assit sur une couverture de laine écrue. Un lumignon tremblait au centre de l'espace. Parfois des silhouettes bavardes passaient, cachant pour un temps la flamme inquiète, les longs voiles flottaient au hasard, lui rappelant les soirs de fête et de danse.

En face de lui, dans l'angle opposé, on avait étendu le corps. Mais il le distinguait mal car on avait dressé une canisse de tournesols tout autour de lui, afin de le dissimuler. S'il observait avec attention, pourtant, il pouvait deviner les gestes affairés des femmes qui versaient de l'eau en gémissant faiblement.

Elle s'est éteinte comme un feu
qui n'a plus de braises.

L'homme poursuivait sa mélopée solitaire. De là où il se trouvait, l'enfant pouvait voir, à présent, les rides d'ombre que le lumignon faisait courir entre ses sourcils et l'écharpe de laine qui ceignait son front. Il pouvait voir sa longue barbe ondoyer comme une oriflamme, son torse se balancer sans cesser de marquer le rythme.

Elle s'est éteinte comme un feu
qui n'a plus de braises.

La plainte continue emplissait l'espace. A l'écouter, à s'en bercer, l'enfant en vint à oublier l'affairement macabre des femmes, à ne plus entendre le claquement des gerbes d'eau qu'elles jetaient régulièrement sur le corps.

Les nuits d'été, quand le labeur des champs cessait, les chiens s'aventuraient près des maisons, auprès des hommes, quêtant une caresse, un morceau de nourriture. Mais ils n'avaient jamais leur place auprès du feu. On les chassait, en leur lançant une pierre, jusqu'à ce que, résignés, ils se regroupent non loin des moutons endormis.

Souvent, ces nuits-là, on se rassemblait sous une tente comme celle-ci. Les hommes s'installaient en formant un carré, les jambes repliées sous eux, autour d'un foyer rougeoyant de braises. Les femmes préparaient le thé, le versaient dans des verres qu'elles posaient sur un plateau qui passait d'homme à homme. Les voix quadrillaient l'air, couvertes, parfois, par le sifflement du vent, annonciateur d'orage. Puis, soudain, un grand silence s'installait. Le conteur venait d'arriver. Ecartant les rangs, il allait s'asseoir au centre, son livre à la main.

Sa voix grave, emplie de soleil et de cris, délivrait des chants, des rumeurs inconnues, des odeurs de pays et de peuples lointains. Dans l'ombre, les femmes se tenaient debout, tandis que les enfants cherchaient à discerner, à travers les rangs serrés des hommes, le visage du conteur pour y lire le mouvement profond des histoires qu'ils entendaient.

L'enfant aimait ces moments-là. Il se dressait, lui aussi, pour regarder entre les épaules et les châles. Mais il était encore trop petit. Cependant, s'il ne pouvait voir, il pouvait entendre. Et il écoutait, vigilant, les récits de cavaliers venus de mondes dont on ignorait le nom, qui sillonnaient le désert et les plaines, traversaient les fleuves et les mers, toujours vaillants, toujours vainqueurs, soumettant à leur loi d'autres hommes par milliers, en tuant par centaines et portant loin leur étendard et leur foi.

Parfois, lorsque le récitant, pour flatter le chef de la famille qui l'accueillait, donnait son nom au héros, le conte devançait l'imagination de l'enfant. Il était alors pris de vertige : ces personnes familières, ces hommes qu'il croisait chaque jour dans la poussière des chemins, voilà qu'on leur prêtait des exploits fabuleux ! Eux qu'il connaissait ! Dont il savait les faiblesses ! Et pourtant, là, pour un instant, voilà qu'ils devenaient de grands guerriers !

Le lendemain, et les jours qui suivaient, il se mettait à les surveiller, avec une sorte de respect, mêlé de méfiance. Il espérait surprendre leur transformation, les découvrir, tout à coup, vêtus de manteaux brodés, voir surgir à leur côté de grands chevaux noirs sur lesquels ils allaient monter pour s'élancer, d'un saut, vers l'horizon. Il restait des heures ainsi, à les observer, attendant, et craignant tout ensemble, le miracle. Mais le miracle ne venait pas et il finissait par douter de toutes les magies.

Dans l'angle opposé, la voix de l'homme se fit plus rauque, tira l'enfant de son rêve éveillé. Celui-ci ajusta sa position, ramena ses jambes contre son torse, et s'enroula dans la couverture en serrant très fort ses mains croisées. Une agréable sensation envahit le bout de ses doigts, aussi douce que celle qui l'avait traversé tout entier lorsque l'autre main avait cherché la sienne, l'avait effleurée tendrement. Cette main qu'il ne sentirait plus.

3

Sa mère l'avait appelé.

— Approche-toi, viens.

Il ne dormait plus guère depuis qu'elle était tombée malade. Des gens venaient la voir, échangeaient quelques mots avec elle. Mais elle se fatiguait vite. En sortant, ils s'attardaient devant la tente, bavardaient. Ils ne mentionnaient jamais sa maladie, à peine l'évoquaient-ils et parlaient au passé : "Elle a eu une triste vie."

Une triste vie ! Ils en parlaient comme d'une fatalité. C'est pourquoi l'enfant ne leur en voulait pas. Mais la grand-mère, elle, ne cachait pas sa rancœur, et cela le heurtait. Que lui importaient ses plaintes quand il voyait sa mère mourir ? Oui, la grand-mère avait tout fait pour sa fille. Oui, elle avait réussi à la marier au meilleur parti que l'on pouvait trouver, cet homme du village voisin, le seul à posséder une maison solide, en briques cimentées, qui se dressait face aux tentes couvertes d'un torchis sec, durci au soleil. Un homme qui possédait le seul poste de radio de la région, et même, un camion. Oui, elle avait réussi à imposer sa fille, et cela malgré l'hostilité de la première femme dont l'homme avait déjà eu trois enfants. Mais, non, ce n'était pas vrai, sa mère n'avait pas été ingrate parce qu'elle n'avait pas réussi à garder ce parti providentiel. Non, la grand-mère n'avait pas raison de lui reprocher de s'être fait chasser en n'emmenant que l'un des deux enfants qu'elle avait eus de cette union.

Qui au village ignorait que ce mariage n'avait reposé que sur l'intérêt ? Qui doutait encore qu'il avait été organisé par la grand-mère à seule fin de pouvoir se vanter, à seule fin d'être crainte et respectée ? Elle n'avait d'ailleurs pas tardé à chercher à remarier sa fille. Mais elle n'avait trouvé personne possédant assez de terre et de troupeaux, et les rares partis qui restaient possibles avaient refusé de prendre une femme que l'on avait déjà répudiée. Ils savaient pertinemment que cette répudiation ne se fondait sur rien, sinon la jalousie et les intrigues de l'autre femme qui avait fini par avoir raison de la volonté du père. Mais une femme répudiée, peu en importait le motif, était une femme déchue. Personne n'en voulait.

En désespoir de cause, elle avait consenti à la donner à un homme de sa condition.

Lorsque sa mère s'était remariée, lui était demeuré seul, sous la garde de la grand-mère. Parfois, il accompagnait une jeune tante lorsqu'elle allait chercher de l'eau avec son âne. Mais le soir, quand le soleil tombait derrière les collines, il restait éveillé dans l'obscurité, et il pensait à sa mère, loin de lui, dans la maison de torchis, au bout du village.

Il allait la trouver aussi souvent qu'il le pouvait. Il s'était aperçu qu'elle allait mal. Il ne l'avait jamais connue très vaillante : elle était tombée malade juste après sa naissance. Et puis, de ce nouveau mariage, elle avait eu deux enfants : une fille et un fils, et cela l'avait éprouvée plus encore.

Mais un jour qu'il lui rendait visite elle avait eu un rictus qui avait laissé une ombre creuse sur son visage. Elle lui avait dit, en souriant pour ne pas l'inquiéter :

— J'ai un peu mal au ventre. J'aimerais pouvoir le déplier et le nettoyer à grandes eaux comme on le fait avec les djellabas sur les berges du fleuve.

Son visage s'était crispé un peu plus lorsqu'elle s'était assise. Avec le temps, la douleur s'était amplifiée, lui tordant le ventre, l'empêchant de parler pendant de longues minutes. Puis un jour, elle était restée couchée.

— Approche-toi. Viens.

Dans le silence de la nuit, on entendait les chiens qui s'appelaient entre eux, d'un troupeau à l'autre, en longs cris tourmentés. Au centre de la tente, dans un foyer creusé à même le sol, les tiges de paille et de coton séché crépitaient, faisaient jaillir des gerbes d'étincelles.

Il s'était approché. Elle avait tendu la main, cherchant la sienne, et tourné la tête pour le regarder. Dans ses yeux il y avait des oiseaux, de grandes fleurs blanches qui ployaient sous le vent et des ombres fraîches. Il y avait le souvenir des jours où ils s'étaient parlé, où elle avait pris dans ses bras l'enfant étonné qui ne comprenait pas son geste. Elle avait plongé son regard dans le sien, sans dire un mot, mais pour lui c'était toute une histoire qu'il avait pu y lire. A ce moment-là sa main avait effleuré la sienne dans un geste d'une immense douceur. Cela avait ému l'enfant jusqu'à le faire trembler. Puis la main avait glissé lentement vers le sol. Sa mère s'était endormie.

Il était resté longtemps auprès d'elle, la regardant, avant de s'éloigner sans faire de bruit. Dehors, le ciel était immobile, les étoiles figées ne brillaient que pour elles-mêmes, le vent s'était assoupi, les chiens avaient cessé de japper. Le désert était sans âme.

4

L'enfant n'avait jamais véritablement cru les conteurs, jamais vraiment accepté que l'on pût toujours gagner comme les soldats héroïques des histoires. Mais à force de les écouter, il s'était persuadé qu'en combattant on pouvait espérer. Il venait de découvrir, tandis que les femmes continuaient de pleurer la morte, que l'espoir lui-même n'était pas toujours récompensé.

Les mouvements de la nuit, les ombres fugaces, les lamentations du vieillard, le brasillement de la lampe, tout cela était révolu, rejeté dans le passé. Le soleil avait dissipé l'angoisse. Le village, à présent, était retourné à ses occupations. Dans la poussière, quelques villageois qui s'étaient dévoués préparaient le corps. L'enfant, lui, ne se sentait pas concerné. Cela n'avait rien à voir avec de l'indifférence. Non. C'était plutôt comme s'il avait été absent au monde. Les blessures et les épreuves s'étaient amoncelées au-dessus de sa tête d'enfant, et à présent, il se pliait devant la souffrance comme un roseau.

Lorsqu'il était né, sa mère avait à peine quinze ans. Personne n'était allé à son chevet pour la soulager. Aucune femme de son village ne s'était déplacée pour la soutenir, l'aider à supporter sa douleur. Nul n'avait consenti à lui tenir compagnie, à apaiser ses craintes, et à nettoyer l'enfant nouveau-né. Elle avait accouché seule. Sans amie ni parente. Déjà mise à l'écart par les manœuvres de l'autre femme.

Quand, finalement, une ombre s'était profilée dans l'entrée de la tente, elle avait cru que son époux venait enfin voir son fils. Trop faible pour se dresser, elle n'avait pu qu'esquisser un sourire. Car c'était bien lui qui se dressait devant elle. Mais il avait l'air absent. Il était accompagné d'hommes au visage tendu. Sans regarder l'enfant, sans même s'en préoccuper, sans douces paroles, il avait délivré son message. Par sept fois il lui avait dit qu'il ne voulait plus d'elle pour épouse. Par sept fois il avait lancé une pierre sur la terre battue devant les témoins qu'il avait convoqués. Il avait respecté les règles. Sa mère était répudiée, pour toujours. Comme cela, sans raison.

Aucun des témoins n'avait protesté. Tout le temps qu'avait duré le rituel de répudiation, elle avait gardé le silence. Elle n'avait pas eu un mot de reproche. Elle n'avait pas versé une larme. Elle avait attendu que son époux s'en soit allé, puis, en dépit de sa faiblesse, avait replié son voile autour d'elle, avait emmailloté le nouveau-né dans un foulard et elle était sortie. Courbée sur son enfant, épuisée, elle s'était éloignée, lentement, douloureusement, et chaque pas était difficile. Longtemps, longtemps, on avait pu la voir s'enfoncer dans le désert.

Elle était arrivée à bout de forces devant la porte de sa mère. Mais celle-ci ne l'avait pas accueillie. Non. Elle était restée devant l'entrée, l'abreuvant d'injures et de malédictions. Les voisins s'étaient approchés, curieux ou moqueurs. Ils n'avaient manifesté aucune compassion. Ils s'étaient contentés de regarder la jeune femme pâle, exsangue, donner le sein à son enfant sous les reproches de la grand-mère. Non, il ne s'était trouvé aucun voisin pour lui tendre la main.

Lorsque le maigre cortège s'ébranla, l'enfant resta en arrière. Il ne voulait pas se mêler à cette cérémonie funèbre conduite par des gens qui n'avaient jamais montré d'affection pour sa mère. Il chercha néanmoins son frère du regard, mais ne le trouva pas. La peur, peut-être, avait dû le retenir chez le père. On avait déposé le corps vêtu de blanc sur une claie de tiges tressées que des hommes avaient soulevée et placée sur leurs épaules. Ils ouvraient la marche. A leur suite venaient quelques femmes. Elles laissaient échapper des lamentations rituelles. Derrière, encore, un homme, fermant la marche, psalmodiait d'une voix malhabile les prières des défunts.

Le cortège traversa les champs de coton dont les tiges brunes tremblaient sous le vent de novembre. Il s'arrêta à plusieurs reprises pour permettre aux hommes de se relayer. Ce corps leur était un fardeau. L'enfant les suivait, à distance. Puis les champs disparurent et il n'y eut plus qu'une colline, se détachant dans le ciel dur.

De loin, l'enfant pouvait voir le trou que l'on avait creusé dans le sable. De loin lui parvenaient encore les cris des femmes et la litanie étouffée de la prière. Mais tout cela lui échappait. Plutôt, il refusait d'y penser. On descendit la forme blanche. On la déposa sur la planche, que l'on met, de coutume, au fond du trou, puis on la recouvrit de sable. Malgré la distance il put entendre le bruit du sable jeté sur le corps. La cérémonie prit fin, tout à coup, comme un travail que l'on achève. Les gens se dispersèrent.

Ce n'est que lorsqu'il se trouva seul que l'enfant osa s'approcher. Le sable retourné à l'emplacement de la tombe formait une tache sombre. Tout autour, des monticules s'effritaient lentement. Hors cela, rien, nulle présence, que le vent.

Lorsqu'il reviendra, des années plus tard, le vent aura tout balayé sur la colline.

5

“Au sud du fleuve vivaient jadis de nombreuses tribus. Elles possédaient des chevaux, dressaient des tentes pour la nuit, et se déplaçaient au rythme des troupeaux en quête d’une herbe rare. Parfois, elles se regroupaient pour se protéger du froid cinglant de la nuit, ou de la violence de la pluie qui se déverse en quelques heures et fait reverdir les collines. Alors les tentes faisaient comme un village en plein milieu du désert, un village invisible au voyageur.

Tout au long des siècles, nous, les Badawis, les Bédouins, comme disent les étrangers, avons traversé le désert. Nous avons dû lutter contre les sédentaires qui revendiquaient les terres sur lesquelles nous errions. Tout au long des siècles ils ont essayé de nous voler ces terres. Mais, tout au long des siècles, nos pères ont su se défendre.

Les temps ont changé. Les sédentaires sont devenus puissants. Les agressions se sont multipliées. Il nous a fallu nous fixer pour rivaliser avec eux, pour être en mesure de nous protéger. Au début, nos tentes restèrent de longs mois sur le même emplacement. Puis, sans qu'on le veuille ni qu'on le souhaite, elles cessèrent de bouger.

Autrefois, nous portions des marchandises d'un bout à l'autre du désert en accompagnant nos troupeaux. Nous seuls le pouvions, nous seuls savions comment résister au désert. Autrefois nous étions accompagnés de véritables caravanes, des centaines de chameaux chargés, et nous sillonnions les terres, des froides montagnes de l'est à la mer de l'ouest. Puis, avec l'arrivée des camions…"

L'enfant cessa d'écouter. Il promena son regard autour de lui. Dans la pénombre, il put voir se gonfler, sur les parois de la tente, le lourd tissu en poil de chèvre que l'on avait tendu sur des piquets de bois. Au-dehors, dans l'air vibrant de chaleur, il devina la silhouette d'un cheval fatigué, qui hochait régulièrement la tête. Les poules qui l'entouraient s'égaillaient en piaillant chaque fois que l'animal s'ébrouait pour chasser les mouches.

A ses côtés, le vieil homme parlait, les yeux à demi fermés, absorbé dans la brume des souvenirs. Le garçon s'impatientait.

Comme s'il l'avait senti, le vieillard changea brusquement le cours de ses paroles :

"Tu es un Badawi. Comme ton père, et le père de ton père, et tous ceux qui, avant lui, ont traversé le désert. Si tu n'écoutes pas ton histoire, tu seras aussi léger qu'un nuage dans le ciel, tu ne pourras jamais te poser, aussi léger qu'une plume que le vent emporte au loin."

Il fit une pause, gratta le sol comme s'il y cherchait la preuve de ce qu'il disait.

"Les maisons comme celle de ta grand-mère, reprit-il, étaient à l'origine des tentes. Jadis, les tentes faisaient de grandes taches sombres sur le sable des dunes. Puis on a renforcé les parois avec de la paille tressée, sur laquelle on a posé de l'argile mouillée ou de la terre mêlée de tiges de coton, qui l'ont durcie en séchant. A présent, elles ressemblent à des maisons basses. Mais on ne les distingue pas du reste. Elles ont pris la couleur de la terre, la couleur du désert…"

L'enfant coupa la parole au vieil homme :

— Tu es allé à l'école ?

Feignant d'ignorer l'inconvenance qu'il y avait à être ainsi interrompu, le vieillard consentit à répondre.

— J'ai appris à lire, à écrire et à compter. Mais j'ai cessé d'y aller lorsqu'il m'a fallu travailler.

— Tu penses qu'il faut aller à l'école ?

— Pourquoi me demandes-tu cela ?

— Ma grand-mère ne veut pas que j'y aille.

— Tu dois l'écouter, elle ne veut que ton bien.

— Ce n'est pas juste !

Le vieillard poussa un long soupir.

— Il te faudra de longues années pour savoir ce qui est juste. Respecter ta famille, c'est cela qui est juste.

L'enfant se mit debout. Que lui importaient les raisons du passé, que lui importait cette famille que le destin lui avait retirée ?

— Ce n'est pas juste ! cria-t-il. Moi, je dis ce n'est pas juste, et je me défendrai.

6

Lorsqu'ils évoquaient l'école, les plus âgés prenaient des airs mystérieux, comme s'il s'était agi d'un grand secret. De loin, l'enfant pouvait les entendre. Il avait bien tenté d'en apprendre plus, mais, chaque fois qu'il avait fait mine de s'approcher, les autres s'étaient tus. Et puis, il y avait ces signes étranges qu'ils traçaient sur leurs feuilles de papier. Des signes qui étaient comme des messages qu'il était incapable de déchiffrer.

Il était resté longtemps intrigué par ces énigmes, jusqu'à ce que l'idée d'aller, lui aussi, à l'école se soit imposée en son cœur. Il avait fait part de son désir à la grand-mère, elle n'avait rien voulu entendre. Elle avait refusé toute explication. Il n'irait pas à l'école. Il devait se rendre utile, gagner le droit d'être sous son toit. Il apprendrait son métier de berger.

L'école se trouvait à plusieurs kilomètres de là, et, qui plus est, dans le village où vivait le père. Autant de barrières dont la grand-mère espérait qu'elles suffiraient à dissuader l'enfant. Mais, chaque matin, à travers la toile qui barrait la porte, il pouvait entendre les rires de ceux qui partaient pour l'école. Chaque matin, il restait sur le seuil, les regardait s'éloigner, et chaque matin son désir de les suivre augmentait.

Un matin, pourtant, il attendit que l'agitation se fût calmée, repoussa lentement les couvertures pour ne pas réveiller la grand-mère, souleva la toile avec des précautions infinies et sortit, vif comme un fennec. Au loin déjà, entre les tiges de coton, s'éloignaient des silhouettes joyeuses. Il se mit en route. Il avait du mal à les suivre. Ses jambes trop courtes encore et les efforts qu'il devait faire pour se dissimuler le ralentissaient. Suivre sans être pris. Il en maîtrisait l'art depuis longtemps. Le chemin de pierre et de sable était mauvais. Ses pieds nus le faisaient souffrir. Il chuta plusieurs fois. Il fut même souvent obligé de courir pour avoir de nouveau en vue, lointaine et minuscule dans le soleil, la petite bande d'écoliers. Il la suivit une heure durant.

Finalement ils atteignirent le village. Il s'arrêta avant le dernier coude du chemin et, se dressant sur la pointe des pieds, il observa. Les écoliers s'étaient immobilisés devant une maison pareille aux autres, puis ils s'étaient regroupés en bon ordre et sans bruit. Droits et silencieux, les enfants attendaient. Leurs voix, leurs rires avaient cessé. On n'entendait plus dans l'air matinal que le cri d'un aigle, haut dans le ciel.

Tout à coup, un homme s'avança sur le chemin, droit, raide, la poitrine gonflée. Il se dirigea vers un mât dressé devant la maison face à laquelle se tenaient les écoliers. Lorsqu'il fut près du mât, les enfants entonnèrent l'hymne national. L'homme empoigna fièrement la corde qui pendait et hissa les couleurs, d'un geste ample et solennel. Des bandes noir et rouge, encadrant deux étoiles vertes, flottèrent dans l'air rosissant du matin. Son devoir achevé, l'homme s'éloigna et les écoliers s'engouffrèrent dans une porte flanquée de fenêtres sombres. L'enfant connaissait l'homme. C'était son propre père.

Les enfants disparurent les uns après les autres, engloutis par la bouche noire. Pendant quelque temps, l'enfant attendit. Ne voyant personne ressortir, il crut qu'il s'agissait d'une entrée secrète, d'où partait un chemin conduisant à l'école qu'il s'était imaginée, ce palais riche en fontaines et en jardins. Il hésita, puis à son tour il pénétra dans le passage.

Alors qu'il avançait, il entendit une puissante voix d'homme traverser les murs. La peur lui tordit le ventre. Quelqu'un gardait-il le passage ? Il risqua un œil par un trou creusé dans le bas du mur, là où le torchis trop sec s'était détaché sous l'effet du soleil brûlant. Ce qu'il vit fut un choc plus violent encore que l'éclat de la voix qui résonnait à ses oreilles. Derrière le mur, il n'y avait qu'une pièce, exactement semblable à celle de la maison de sa grand-mère : blanche, carrée, aux murs nus. Etait-ce cela l'école ? Où étaient alors le jardin, le palais ? La déception fut si forte qu'il faillit se mettre à courir, fuir, rentrer chez lui et tout abandonner. Mais il se retint, il ne voulait plus reculer. Il se pencha un peu plus pour voir la pièce de l'endroit où il se trouvait. Contre un mur se trouvait un tableau retenu par un clou représentant une plante plus verte, plus abondante, plus lumineuse que toutes celles qu'il avait rencontrées jusqu'ici. Cette image le réconforta.

Même dans cette simple pièce nue, il y avait des merveilles ! Il pouvait voir aussi, à présent, les écoliers, assis en silence, les uns à côté des autres. A la droite du tableau, un homme à l'air sévère brandissait une longue baguette avec laquelle il donnait des coups sur les doigts d'un enfant penaud.

— Si demain tu n'apportes pas de bois pour le chauffage de l'école, tu auras double punition, disait l'homme.

Certains écoliers rirent de l'enfant puni. Il ne fut pas surpris. Il connaissait leur méchanceté. Il resta ainsi longtemps, puis, finalement, par crainte d'être découvert, il se résolut à partir. Sur le chemin du retour, il se jura d'en apprendre plus. Cependant, à peine fut-il en vue du village qu'il aperçut le fichu jaune de la grand-mère, en grande agitation devant la porte de la maison. Lorsqu'il déboucha sur le chemin, elle se précipita vers lui :

— Je t'ai cherché partout ! criait-elle. Tu feras mon malheur ! Comme ta mère !

Il eut un mouvement de recul. Puis il fixa sa grand-mère avec une telle intensité qu'elle en resta bouche bée. Profitant de sa stupeur il la dépassa et s'éloigna sans se presser, indifférent aux hurlements qui reprirent dans son dos. Il resta absent tout le jour et ne rentra que le soir. Bien sûr il fut puni. On l'envoya se coucher sans même un morceau de mouton. C'était sans importance. Il attendait le lendemain.

7

Sa décision était prise. L'enfant savait ce qu'il devait faire. Il ne lui restait qu'à franchir le pas. Mais c'était peut-être cela le plus difficile. Le lendemain matin il se rendit de nouveau au village voisin et passa la matinée, au pied du mur de l'école, à écouter ce qui se disait à l'intérieur. Quand le maître annonça la pause de midi, il se redressa et s'en retourna chez lui. Il n'avait pas eu le courage suffisant pour entrer. Il passa de la sorte une semaine, à errer aux alentours de la classe sans oser y pénétrer.

La grand-mère avait encore crié. Il lui avait tenu tête.

— Si tu refuses de me laisser aller, je demanderai aux voisins si je peux habiter chez eux, avait-il dit.

Elle l'avait regardé méchamment.

— Tu es capable de me faire cette honte devant tout le monde !

Puis elle avait cessé de récriminer. Les après-midi passaient, au rythme des troupeaux, et l'enfant mûrissait son courage.

Ce matin, c'était le grand jour. Il avait emporté avec lui, dans un linge enroulé, quelques affaires qu'il avait récupérées en cachette : un crayon usé, des feuilles de papier, un chiffon. Il s'était levé avant tout le monde, avant même le passage de la bande joyeuse, et avait fait le chemin seul. Quand les autres enfants arrivèrent, ils le trouvèrent assis devant l'école. Sans doute, tous n'avaient pas de chaussures, mais ils portaient des vêtements neufs et des cartables brillants. Lui n'avait que sa djellaba et son linge.

En voyant le petit nouveau, les écoliers se regroupèrent immédiatement autour de lui en riant, le bousculèrent et se moquèrent de sa djellaba. Au début, l'enfant sentit se creuser dans son ventre comme un trou de renard des dunes. Puis le froid l'envahit. Il chercha autour de lui mais il ne rencontra aucun regard amical, aucun signe de compréhension. Finalement, la honte le fit jaillir hors du cercle mauvais. Dans son désarroi, il se posta à quelques mètres de distance, sur le chemin, dans l'espoir fou de voir surgir son frère, ce frère que le père avait retenu auprès de lui. Lui le défendrait, pensait-il; lui le consolerait. Mais le chemin restait vide.

Attiré par les cris, le maître sortit. Lorsqu'il vit l'enfant à l'écart, il s'approcha de lui.
— Comment t'appelles-tu ? demanda-t-il.
— Maïouf.
— Pourquoi n'es-tu pas avec les autres ?
— J'attends mon frère.

Le maître considéra le visage pâle de l'enfant, sa djellaba usée, les affaires éparpillées qu'il avait maladroitement ramassées. Sans rien dire, il le prit par la main et, s'en revenant vers les écoliers qui s'étaient tus, leur enjoignit d'un ton sévère :
— Mettez-vous en rang ! C'est à moi de m'occuper des nouveaux élèves. Je ne veux plus entendre une réflexion à son sujet !
Ce jour-là, Maïouf ne vit pas son frère. Plus tard, il apprendrait que la femme de son père n'avait plus voulu qu'il fréquente l'école. Maïouf quant à lui était impatient d'apprendre. Le soir, pour éviter les remontrances de la grand-mère, il s'attardait dans les tiges de coton pour faire ses devoirs, recopiait les lettres et les chiffres que le maître dessinait sur le tableau noir.

Les jours passèrent. Les premières morsures du froid se firent sentir. Au matin les pieds nus collaient sur la terre gelée et il fallait courir pour ne pas arriver glacé à l'école. Maïouf ne tarda pas à faire des progrès. Mais les autres enfants supportaient mal que ce garçon pauvre, fils d'une femme répudiée, pût être leur égal ; bien pire encore : qu'il soit meilleur élève qu'ils ne l'étaient.

Un après-midi, le maître, tout en rendant les devoirs, félicita Maïouf. Il venait d'avoir la meilleure note.

— Tu travailles bien. Je suis fier de toi. Demain, inutile d'apporter du bois de chauffage.

Le cours fini, tout le monde rangea son cartable. Le maître salua, et les enfants purent sortir. Maïouf était heureux. Il se sentait plein de courage, prêt à supporter, s'il le fallait, les cris de la grand-mère lorsqu'il rentrerait. Il s'imaginait déjà lui annonçant le bon résultat de son travail.

— Et tu es fier de ta fainéantise ! diraitelle.

Peu lui importait.

Pris dans sa rêverie, Maïouf n'entendit pas qu'on s'approchait de lui. Tout à coup il sentit qu'on l'attrapait par les bras, un chiffon lui recouvrit la tête et on l'entraîna hors du chemin. Il ne pouvait rien voir, mais il sut au picotement du sable sur la plante de ses pieds qu'on l'emmenait vers le désert. Il essaya de se débattre, tenta de crier.

Sa voix resta étouffée dans le chiffon. Il n'entendait aucun autre bruit que sa respiration. Puis l'un de ceux qui le tenaient se mit à rire, un rire qui regorgeait de méchanceté. Alors, il crut comprendre. De nouveau il se débattit.

— Laissez-moi ! hurla-t-il.

Il entendit que l'on creusait le sable. Soudain, il fut poussé et bascula en avant. Il était dans un trou. Il eut à peine le temps de se retourner que du sable se répandait sur son torse et ses bras. Bientôt, il fut enseveli. Du sable ! Qui pesait sur son corps, qui s'infiltrait dans le chiffon, pénétrait son nez, ses yeux, ses oreilles, sa bouche. De nouveau il y eut un rire grinçant.

— Ça t'apprendra à être ami avec le maître ! dit une voix.

Puis ce fut le silence. Immobilisé dans son trou, emprisonné dans le sable, la cagoule toujours sur le visage, Maïouf attendait sans savoir quoi. Que la méchante farce prît fin, peut-être, que l'on vienne le délivrer. Mais personne ne vint et il commença à suffoquer. Le sang battit ses tempes, des papillons lumineux dansèrent devant son regard aveugle. Il fut sur le point de s'évanouir.

Dans un sursaut de rage et de tristesse infinie, il se tendit comme une lame. Et ce qu'il n'espérait plus se produisit. Le sable s'ouvrit. Il s'arracha de la fosse, dégagea ses bras, agrippa le rebord, roula sur le côté et retira enfin le chiffon. Ce n'est qu'après avoir inspiré goulûment et s'être nettoyé des grains de sable qui emplissaient sa bouche et son nez qu'il regarda autour de lui. Il était seul. Le désert vide s'emplissait d'ombre. Au loin retentit le cri d'un renard. La nuit était tombée lorsque Maïouf poussa la toile de la porte d'entrée. Il entendit à peine les reproches et se jeta sur son lit. Désormais, se promit-il, il serait le meilleur.

8

Le camion trônait au milieu de la cour. C'était un camion américain, avec un large plateau sur lequel on pouvait transporter des centaines de litres d'eau, des dizaines de moutons et même des hommes. Quand il passait, il faisait tant de bruit et soulevait tant de poussière que les gens fuyaient à son approche. Pourtant, tout le monde était jaloux du camion.

La classe était finie, mais Maïouf avait encore un devoir à accomplir. Un devoir dont il s'acquittait avec bien moins de plaisir que les autres. En effet, depuis qu'il fréquentait l'école, son père avait pris l'habitude de le convoquer. Et chaque fois que son père requérait sa présence, Maïouf était inquiet. Il ne savait pas comment se tenir. Ni même quoi dire, encore moins pourquoi il lui fallait venir, sinon dans le seul but de se faire humilier. Son père, avec ces entrevues, ne semblait vouloir autre chose que lui montrer qui était le maître.

Il traversa la cour, passa à distance respectueuse du camion, grimpa les quelques marches de l'étroite galerie qui longeait la maison, essuya la poussière de ses pieds et appela. Personne ne répondit. Il pénétra par l'ouverture sans porte.

Le père était assis au milieu de profonds coussins, en grande conversation. Sans cesser de parler, d'un geste brusque, il lui désigna l'autre bout de la pièce. Maïouf prit place non loin de l'une des lampes à pétrole d'un cuivre étincelant qui faisaient la fierté du père. Tout à l'heure quand le jour baisserait, celui-ci se lèverait et irait vers la lampe. Il ne laissait personne l'allumer à sa place. C'était à lui de donner la lumière, de montrer que dans sa maison on voyait bien, sans l'odeur lourde des lumignons flottant dans la graisse de mouton dont ne sortait qu'une lueur tremblante. Puis les fils plus âgés entreraient, portant d'autres lampes que le père allumerait solennellement, et ils repartiraient en cortège vers les autres pièces de la maison. Ils les y déposeraient et les laisseraient brûler jusqu'à l'heure du coucher.

Maïouf, assis, attendait. De temps à autre, la porte s'ouvrait, laissant passer un nouveau visiteur venu partager le thé avec le père ou lui demander un avis, un conseil.

Personne ne saluait Maïouf. Personne ne prenait garde à lui. Le va-et-vient continuait et Maïouf était dans la pièce comme s'il n'avait pas eu d'existence, comme s'il avait été invisible aux yeux de tous. Au bout d'un temps qui lui parut infiniment long, rassemblant son courage, Maïouf osa demander la permission de sortir. Comme le père ne répondait pas il fit mine de se lever. La voix claqua comme un fouet :

— Je ne t'ai pas dit de sortir !

Maïouf resta figé sur place. La conversation qui bourdonnait depuis des heures avait cessé. Le père le regardait.

— On m'a dit que tu m'avais fait honneur à l'école. Bien. Tu peux aller. Mais reviens demain. Ayant parlé, le père se retourna, souriant, vers son hôte. Au moment où Maïouf allait franchir la porte, il jeta cependant : N'oublie pas, j'ai dit demain.

Dehors, l'ombre de la galerie était fraîche. Maïouf hésita. Dans la maison les femmes préparaient à manger. Sa belle-mère s'y trouvait. Il pouvait entendre sa voix. Finalement, il se détourna puis sortit. Il aurait pu rester à l'abri de l'auvent qui surplombait la petite galerie attenante à la façade, mais la masse grisâtre, aveugle de la maison, qu'il sentait dans son dos, l'indisposa.

Il n'avait jamais aimé ce cube de ciment. Composée d'un étage, la maison était massive, entièrement symétrique. Elle s'ouvrait par une entrée sur le devant et une autre à l'arrière, sans fenêtre. Les fenêtres se trouvaient sur les côtés opposés. Une telle maison témoignait sans doute d'une grande richesse, mais pour Maïouf, elle n'était que la marque de la laideur. Il contourna le cube, et prit l'escalier extérieur qui courait le long du mur. Il déboucha sur le toit, une sorte de terrasse aménagée. C'est là qu'il s'assit. Il n'avait plus qu'à attendre le passage de sa tante qui ne tarderait pas, avec son âne et les bidons qui dansaient au rythme de ses pas.

Le soleil déclinait lorsque, enfin, il l'aperçut. Elle avançait, environnée d'un petit halo de poussière soulevée par l'âne. Sur les flancs de la bête dansaient les bidons. Au retour du fleuve ils ne bougeraient plus comme à présent, et l'âne moins fringuant avancerait péniblement, écrasé par le poids.

Maïouf se dressa, soudain joyeux. La tante et l'âne passèrent, faisant mine de l'ignorer, et il dut courir à leur suite. Dès qu'ils furent hors de vue de la maison, sa tante se retourna et le prit dans ses bras.

— Tu as passé une bonne journée ? demanda-t-elle en lui souriant.

— Comme d'habitude.

— Tu veux m'aider à remplir les bidons ?

Ils arrivèrent au bord du fleuve. Dans une crique protégée, l'eau était claire. On pouvait même apercevoir des poissons qui filaient. Ils remplirent les bidons, et les gouttes qui s'en échappaient brillèrent comme des perles dans le couchant.

9

Le maître repartait pour la ville. C'était ainsi. Chaque année, l'école voyait arriver un nouvel enseignant.

Comme il était de coutume, les enfants s'étaient rassemblés devant l'école pour attendre le maître et l'accompagner jusqu'au car. Ils s'étaient préparés à une véritable expédition. Plusieurs kilomètres séparaient le village de la route nationale, et là, il fallait encore attendre. L'attente pouvait durer des heures. On savait que le car passait sur la route, certes. Mais quand, ça, on l'ignorait. Oh, personne ne s'en plaignait ! Ici, l'attente était une habitude. Les heures comptaient bien moins que les saisons.

Le maître sortit de la petite maison qui lui avait été allouée pour l'année. Il sembla à Maïouf qu'il était un peu ému. A moins que ce ne soit lui, Maïouf, qui ait été ému de voir partir son premier maître. On se mit en route.

Il fallut traverser les champs et sauter, en prenant son élan, par-dessus les canaux d'irrigation. Maïouf suivait le maître de près. Au passage de l'un des canaux, il s'arrêta, stupéfait. Le maître venait de sauter et avait repris sa marche, mais là, cachés par les feuilles de pastèque, luisaient les crayons et la règle qui venaient de glisser de sa sacoche. Des crayons brillants, bien taillés. Un rouge, un bleu, un noir ; et la règle, la seule qu'il y ait eu dans la classe ! Autour de lui, les autres qui ne pensaient qu'à chahuter ne s'étaient aperçus de rien. Ils avaient d'ailleurs déjà rejoint le maître qui marchait d'un bon pas. Seul en arrière de la troupe, Maïouf hésita, puis, en se baissant, il ramassa règle et crayons et les cacha dans un repli de sa djellaba avant de rejoindre en courant le reste de la troupe qui marchait au soleil.

Lorsqu'ils arrivèrent sur la route, celle-ci était déserte. Deux heures s'écoulèrent, deux heures durant lesquelles Maïouf tint serré contre lui son précieux butin. Puis le car arriva. Quand la tache verte du car apparut à l'horizon, le maître réunit les élèves. Il les salua, s'adressa à chacun d'eux puis à tous et leur fit un adieu solennel. Il eut tout juste le temps de finir. Le véhicule venait de stopper. Il allait y monter lorsque Maïouf s'approcha de lui et, d'un geste brusque, lui tendit la règle et les crayons. Le maître les prit, sans prononcer un mot.

Ses yeux brillaient. Puis il se pencha vers l'enfant et les lui tendit :

— Moi aussi, j'ai eu les pieds nus.

A travers le nuage de poussière que soulevait l'autocar, Maïouf crut voir, derrière la vitre arrière, une main qui lui faisait signe.

Le temps avait passé. Maïouf avait grandi. La grand-mère avait, depuis longtemps, renoncé à diriger sa vie. Oh, elle n'avait pas accepté la situation, non... Elle n'avait jamais supporté qu'il fréquente l'école. Il s'était simplement établi, entre eux, une froide indifférence.

Grâce à l'école, l'horizon de Maïouf s'était ouvert à perte de vue. Le serment qu'il s'était fait le jour où ses camarades, en l'ensevelissant dans le sable, avaient voulu fléchir sa volonté, il l'avait tenu. Il avait été le meilleur et cela lui avait permis de poursuivre sa scolarité, même si, les classes primaires passées, il lui avait fallu changer d'école et pour cela rejoindre un autre village, plus loin encore. Heureusement, bien vite, Maïouf s'était trouvé un compagnon pour le chemin. Tous les jours, le jeune fils de sa grand-mère, à qui il avait appris à lire, à écrire et à compter en cachette, le suivait jusqu'à l'école en feignant d'aider à garder les bêtes.

Cette nouvelle école était différente. Ce n'était sans doute pas le palais dont il avait naïvement rêvé, mais ce n'était déjà plus la simple cahute en torchis qu'il quittait. Cette école était blanche, accueillante, solide. Le village aussi était différent de ceux qu'il avait connus. Maïouf avait été impressionné par les maisons de briques, des maisons plus vastes et plus hautes que celle de sa grand-mère, plus hautes même que celle de son père, des maisons dont certaines semblaient comme des tentes superposées, les pièces les unes au-dessus des autres.

Dans ce village il avait découvert le sens du mot "magasin". Combien de fois l'avait-il entendu, ce mot, sans pouvoir lui donner consistance, l'imaginer ? Le magasin, pour lui, n'avait été jusqu'à ce moment que le *hawage*, le colporteur qui passait, de temps à autre, avec ses deux ânes chargés de ballots. Il savait, à présent, que c'était un local où des gens attendent, durant toute la journée, sans bouger. Il avait pu voir encore un puits d'où l'eau sortait comme par miracle lorsqu'on actionnait la poulie.

Mais tout cela avait bien peu d'importance face à ce que lui promettait cette modeste maison de torchis : apprendre. Désormais, il allait apprendre.

10

L'autocar s'arrêta sur une place emplie de monde. Personne ne prêta attention aux enfants qui en descendaient. La matinée était encore fraîche. Des gens vêtus d'étrange manière, comme on en voit dans les livres de géographie, se pressaient en tous sens, sans prendre le temps de se saluer ni de sourire. Maïouf, intimidé, esquissa quelques saluts. Personne ne lui répondit. Craignant de commettre une bévue dans cet univers dont les règles lui étaient inconnues, il se rapprocha plus près encore du groupe des écoliers et lui emboîta le pas dès que celui-ci se mit en marche.

Il était arrivé au terme du chemin. Aujourd'hui, il était là, dans la ville, pour passer son brevet. En marchant, parmi les autres enfants, il contempla la ville, cette chose hier encore légendaire. Il regarda la place bordée d'arbres et de fleurs, les larges avenues qui en partaient. Entre les arbres, il vit aussi des pelouses sur lesquelles ne traînait aucun mouton. Ressemblaient-ils à cela, les palais des conteurs ?

Il fut sorti de sa rêverie par un bourdonnement assourdissant qui s'échappait de la cour du lycée où devait se passer l'examen. Des centaines d'élèves, venus de toute la région, y étaient réunis, riant, criant, semblant tous se connaître. Une vague de désespoir submergea Maïouf. Jamais il ne réussirait. Pourquoi avoir tellement lutté si c'était pour échouer, si près du but ? Mais il n'eut pas le temps de se laisser aller. Des hommes à l'aspect sévère venaient d'apparaître et déjà ils séparaient la foule enfantine, tout à coup silencieuse, en petits groupes. Maïouf n'eut d'autre choix que de suivre le mouvement. Avant d'entrer dans le bâtiment, il fut soumis à une fouille minutieuse, puis il pénétra, le cœur battant, dans la salle d'examen.

On fit asseoir les élèves, chacun à une table, puis on distribua les imprimés d'identification des candidats. Maïouf sortit avec émotion le stylo qu'il avait réussi à se procurer. Lorsqu'il en dévissa le capuchon, un long filet d'encre coula sur ses doigts. Il se leva, bouleversé, cherchant un chiffon, quelque chose pour s'essuyer, ne pas salir la précieuse feuille d'examen. Mais, dans son affolement, il ne remarqua pas que les surveillants avaient fait leur entrée. Il ne s'en aperçut que lorsqu'il sentit qu'on le saisissait pas le bras. Un pénible souvenir traversa son esprit, fulgurant. Effrayé, il se retourna.

Alors, un calme étrange l'envahit, le calme des jours d'automne quand le ciel s'ouvre sur le soleil après le passage du vent des sables. Devant lui, souriant, se trouvait le maître, *son* premier maître.

— Je suis fier de te voir ici, lui souffla-t-il. C'est une chance. Je surveille la salle où tu passes ton brevet.

Maïouf resta muet de surprise. C'est alors que, baissant les yeux, l'ancien maître vit ses mains maculées. Sans ajouter un mot, il se pencha, saisit un chiffon qui était accroché au mur, le tendit à Maïouf, et s'éloigna.

Maïouf fut reçu à son brevet.

Cela aurait dû être une grande nouvelle, fêtée comme il se doit. Son jeune oncle lui montra sa joie en venant l'accueillir à la descente de l'autocar. Le crépuscule descendait sur le désert, c'était l'heure à laquelle on rentre les bêtes, mais il s'était débrouillé pour venir l'attendre sans que nul ne le sache. Ils firent le chemin ensemble, heureux d'être réunis. Le jeune oncle lançait à Maïouf des regards admiratifs. Sur la route, ils rencontrèrent sa tante, qui revenait du fleuve. Quand elle vit Maïouf, elle lâcha la bride de l'âne, se précipita vers lui, lui sauta au cou et l'embrassa en riant, comme elle l'avait toujours fait.

Mais lorsqu'il arriva au village, lorsqu'il se présenta devant la maison de la grand-mère, il ne trouva qu'un visage fermé. Le même visage qu'aurait son père, sur lequel ne se lirait pas la moindre satisfaction, ni une once de fierté. Quant à sa belle-mère, elle se contentera de manifester son agacement, acceptant mal que le fils de la seconde épouse puisse réussir. A cette heure, dans la lumière du couchant, les maisons du village rougeoyaient. Maïouf avait toujours aimé ce moment, entre chien et loup, quand, passant d'une activité à l'autre, nul ne savait précisément où le soleil en était de sa course. Pourtant ce jour-là, ces lueurs descendant sur les murs lui parurent sinistres.

Alors qu'il se tenait sur le pas de la porte, après avoir englouti son repas, Maïouf écouta, le cœur serré, les chants et les musiques qui émanaient des maisons des autres candidats reçus. Déjà, il avait pu sentir l'odeur des agneaux sacrifiés qui flottait dans le village à son arrivée. Il ne s'attarda guère à ce plaisir amer, mais tandis qu'il s'allongeait pour s'endormir, il entendit – c'était tard dans la nuit – retentir les coups de feu tirés en l'air pour couronner la fête. Il se retourna sur sa couche, et essaya de ne pas penser à toutes ces choses qui ne le concernaient pas.

Le seul lycée des environs se trouvait à Raqqah, chef-lieu de la région. Un nouveau changement, en perspective, une nouvelle école pour Maïouf. Plus loin du village. Trop loin pour qu'il puisse faire le trajet tous les jours. Il allait devoir s'y installer. Mais il avait douze ans. Il était pratiquement sans ressources et, après l'indifférence avec laquelle il avait été accueilli, il n'imaginait même pas obtenir un secours, quel qu'il fût. C'est peut-être cela qui le rendit plus fort.

11

Lorsque Maïouf était arrivé à Raqqah, quelques semaines avant la rentrée scolaire, il s'était facilement décidé à affronter un problème, à la fois étrange et nouveau pour lui : trouver un logement. Mais, dans le même temps, il ne parvenait pas à lui accorder de l'importance ; il avait rencontré tant de difficultés depuis sa naissance, il avait dû tellement lutter contre l'adversité, que trouver un logement dans une ville inconnue ne lui paraissait pas d'une autre nature : un nouveau problème à résoudre. Il n'y avait pas de quoi s'inquiéter.

Jusqu'à présent Maïouf avait vécu dans la maison de la grand-mère. C'est vrai. Cependant cette maison n'avait jamais été la sienne. Le village lui-même, dans lequel il avait grandi, n'avait jamais été le sien. Il ne s'en excluait pas volontairement. Il s'en était toujours senti rejeté. Il s'était toujours senti comme en marge de la vie qui se déroulait autour de lui. Fils d'une femme répudiée, décédée. Pauvre, malgré son père. S'était-il fait des amis ? Si peu. Excepté sa tante, et son jeune oncle, aucun ! Dans le fond, rien ni personne ne le reliait à cet endroit. Le désert, peut-être. Mais le désert, c'était ce contre quoi il fallait lutter, ce dont il fallait se rendre maître. Une figure du destin. Alors, venir s'installer à Raqqah ne lui était pas une déchirure. Il lui fallait simplement trouver un logement.

Du haut de ses douze ans Maïouf descendit de l'autobus qui l'avait conduit dans la ville, plus préoccupé par sa nouvelle école que par l'idée de trouver un toit. La ville qui se déployait devant lui ne parvenait pas à retenir son attention. Mais toute cette agitation, ces rues qui partaient en un labyrinthe inextricable, impossible à démêler, cette cohue, ce crépitement de couleurs, de bruits, de visages, l'absence d'horizon, de lointain, tout cela lui parut tellement artificiel qu'il lui semblait vivre dans un rêve sans consistance, un rêve qui n'était pas en mesure de l'arracher à ses soucis. Les deux pieds à peine posés sur la terre battue, il se mit en quête d'un endroit où vivre. On lui avait donné quelques adresses. Il les trouva avec l'aide des passants. L'une d'elles fut la bonne. Dans l'évidence enfantine de ce qui lui était dû, Maïouf ne fut même pas surpris lorsqu'un homme, qui vivait d'une voiture à cheval dont il proposait les services ici ou là, pour de petits transports, accepta de lui fournir un lit. Un tel geste n'avait rien d'extraordinaire. L'hospitalité était une tradition à Raqqah, un service comme un autre, même si le nom du père de Maïouf n'était pas étranger à la rapidité avec laquelle il avait trouvé à se loger.

L'important pour lui était l'école. Un toit et un lit étaient une nécessité. Il suivit la femme de son hôte. Elle le conduisit à la petite chambre qui lui était allouée. Il déposa ses affaires, demanda un verre d'eau et s'assit sur le lit en fer qui allait être le sien pour les années à venir.

Comme il n'avait pas grandi dans l'opulence, le lit, le toit et le pain que lui donnait la femme de son hôte chaque jour, ainsi que, parfois, les repas que lui offraient les familles de l'un ou l'autre de ses camarades, suffirent à combler ses besoins et ses désirs. En outre, il s'était vite habitué à la ville. Le trajet de l'école lui faisait emprunter des petites rues. Et lorsqu'il débouchait sur la place centrale, où trônait la tour de l'Horloge, il se sentait tout fier de pouvoir la traverser sans appréhension. Puis il enfilait une longue avenue bordée d'arbres secs avant de trouver les grilles du lycée.

Au lycée il dut fournir des efforts. Souvent même il eut à travailler jusque tard dans la nuit, pour rattraper son retard. Ce n'est pas que ses anciens maîtres eussent été de mauvais maîtres. Mais il venait du désert, c'était un Badawi, alors que dans sa classe se trouvaient des garçons issus de villages bien plus gros que le sien, de petites villes, et même de Raqqah pour certains d'entre eux.

12

Le couple qui l'hébergeait avait deux filles. Or l'une d'elles provoquait en Maïouf des émotions obscures chaque fois qu'il la croisait dans la maison. Ils se rencontraient, échangeaient quelques mots, mais jamais leur relation ne semblait devoir s'étendre au-delà de la courtoisie, de la politesse. Et pourtant, combien Maïouf pensait à elle !

A Raqqah, comme ailleurs dans le pays, les cinémas étaient à ciel ouvert. Si l'on connaissait quelqu'un dont les fenêtres s'ouvraient sur la place où donnait l'écran, on pouvait alors assister à la séance sans bourse délier. L'un des camarades de Maïouf avait cette chance. Maïouf en avait profité, quelques rares fois. Ces images mobiles d'un autre monde lui avaient été un choc, avant de lui devenir une fascination.

Fort de cet avantage, il lui vint un jour à l'esprit d'inviter la jeune fille de la maison à partager son plaisir. Ce serait, se dit-il, au moins une occasion de lui adresser la parole autrement que par des mots de bienséance. Une fin d'après-midi, donc, pensant qu'elle était peut-être dans la cuisine, il s'y rendit, prenant un air affairé. Elle était seule, ce qu'il avait escompté. Il la salua en entrant, passa devant elle, et fit semblant de chercher quelque chose dans les tiroirs, tentant désespérément de rassembler son courage pour oser l'aborder. Finalement, le regard détourné, il bredouilla qu'il pouvait, si elle le voulait bien, l'inviter, pour la soirée, enfin, à voir un film, parce qu'il avait un camarade… A son grand soulagement, elle comprit ses allusions, et surtout, elle accepta !

On projetait, ce soir-là, un film sentimental. La jeune fille l'avait suivi jusqu'à l'appartement de son ami sans prononcer un mot. A présent, elle d'un côté, son ami de l'autre, Maïouf était partagé entre plusieurs sentiments. Il éprouvait du plaisir à sentir la chaleur de la jeune fille proche de lui, un plaisir équivoque aussi à la frôler parfois, mais son plaisir était mêlé d'angoisse. Il se sentait l'air gauche. Oh, bien sûr, intérieurement, il était immensément fier d'avoir imposé cette compagnie féminine à son camarade. Mais en même temps, il désirait désespérément, comme souvent dans ces cas-là, être ailleurs. Tant et si bien qu'il attendait, avec anxiété et impatience, le début du film, pour se donner une contenance.

A peine celui-ci débuta-t-il qu'il s'y abandonna sans réserve. Tout le temps que le film dura, il n'eut d'yeux que pour l'héroïne, oubliant la jeune fille qu'il avait amenée. Elle-même, d'ailleurs, ne prêta attention qu'à ce qui se passait sur l'écran. Lorsque, enfin, l'écran s'éteignit et que les gens se levèrent pour partir, Maïouf se redressa. Il nota que la jeune fille avait accompagné son mouvement, comme s'ils avaient été à l'unisson. Après avoir remercié son camarade pour son hospitalité, après avoir bu le verre de thé à la menthe que la mère avait préparé, il reconduisit la jeune fille chez elle, c'est-à-dire, pour cette année, chez lui. Il le fit sans songer à ce que la chose représentait, plongé qu'il était dans sa rêverie, poursuivi par les images du film. Il le fit en silence et se sépara d'elle sur un léger signe de tête qui aurait pu signifier aussi bien merci que bonsoir. Le lendemain, tandis qu'il travaillait comme de coutume, penché sur ses livres, Maïouf sentit, plus qu'il ne vit, la toile qui fermait sa porte frémir puis s'écarter lentement.

La jeune fille entra, laissa retomber doucement la toile et s'appuya contre le mur sans un mot. Maïouf resta figé d'angoisse et d'émotion. La sortie de la veille avait calmé son désir, et s'il en imaginait d'autres, il n'envisageait pas d'aller au-delà. Il n'avait pas prévu qu'elle puisse… Les idées les plus incongrues se bousculèrent dans son esprit. Il songea au frère de l'un de ses amis, alité, souffrant d'une bronchite, parce qu'il s'était dissimulé dans une jarre pleine d'eau où il avait trouvé refuge lorsque le père de la jeune fille avec laquelle il se trouvait était rentré à l'improviste. Il pensa au drame survenu quelques jours plus tôt, à cette jeune voisine qui était morte entre les mains d'une avorteuse. Lui revinrent à l'esprit les règles strictes qui régissent les rapports entre filles et garçons, la fierté inflexible de son peuple, les tragédies amoureuses que l'on contait. Et tout cela le paralysa.

Après un interminable silence, la jeune fille souleva de nouveau la toile et disparut.

13

Cela faisait à présent deux ans que Maïouf vivait à Raqqah et ces deux années, durant lesquelles il s'était entièrement voué à ses études, avaient fait naître en lui le sentiment qu'il avait changé de famille, d'univers. Il était rarement retourné au village ; qu'avait-il à y faire ? S'il désirait retrouver la saveur du désert, il lui suffisait de sortir de la ville et de faire quelques pas. Mais, le temps passant, il en avait de moins en moins éprouvé le besoin. Il n'était pas vraiment de la ville, mais il n'était plus tout à fait un être du désert comme ses "frères" pouvaient l'être quand ils s'enfonçaient dans les dunes pour aller garder les troupeaux. Ni d'ici, ni de là, sa seule attache, sans parler de l'école, était la maison où il dormait. Or, un jeudi, en passant le porche de cette maison, il trouva une agitation inhabituelle. La femme de son hôte ne voulut rien dire, mais une heure plus tard, tandis qu'il finissait un devoir, il entendit le bruit pétaradant d'un gros véhicule qui s'arrêtait devant la porte. C'était le camion de son père, ce camion qu'il aurait reconnu entre tous au seul bruit que faisait le moteur. La poussière qu'il avait soulevée pénétrant par les persiennes le confirmait, si besoin était. Que venait-il faire ici ? Il eut à peine le temps de prendre quelques affaires. Le conducteur qui l'attendait manifestait une certaine impatience. A peine Maïouf avait-il grimpé à son côté qu'il démarra en toute hâte.

Ils roulèrent longtemps sur la route nationale. Après avoir traversé un paysage désertique où les inégalités du chemin de terre, venant s'ajouter aux secousses du moteur, obligèrent Maïouf à se cramponner à la banquette éventrée, le camion stoppa dans la cour de la maison du père. Mais ce n'est pas le père qui vint au-devant de Maïouf lorsque celui-ci sauta du marchepied, le corps encore empli des vibrations de la cabine. C'est la belle-mère, suivie de sa sœur, et d'une jeune fille, plutôt jolie, qui se tenait en arrière des deux femmes.

Maïouf se frottait le visage lorsque sa belle-mère se planta devant lui. C'était, sans conteste, une belle femme. Sa peau lisse, son visage bien dessiné, ses longs cheveux bruns dégageaient une puissante énergie. Elle l'avait toujours impressionné, mais il ne l'aimait pas. N'était-elle pas responsable de la répudiation de sa mère, par ses intrigues, par les pressions qu'elle avait exercées sur l'entourage, sa jalousie méchante qui avait finalement obtenu gain de cause ? Aujourd'hui, vêtue comme de coutume de couleurs vives, les yeux maquillés au khôl, les cheveux rougis au henné, elle dressait son imposante personne devant la maison du père et, sans même le saluer, l'apostropha :

— Tu as passé quatorze ans ! Il est grand temps que tu penses à trouver femme, dit-elle sans préambule. Il faut que tu deviennes un homme ! Ici, les garçons de ton âge sont déjà mariés. Ce n'est pas parce que tu vis à Raqqah que tu dois faire exception. Si tu restes seul, la honte finira par atteindre la famille !

Maïouf, surpris par cette tirade, suspendit son geste. Pensant qu'elle en avait fini, il ouvrit la bouche pour répondre, mais n'eut le temps de rien dire. La belle-mère s'était déjà tournée vers la jeune fille qui attendait sans bouger dans son dos et, la désignant d'un geste de la main, poursuivit :

— Voilà celle que tu vas épouser. C'est ma nièce. Son père est d'accord.

Le soleil brûlait le visage de Maïouf qui aurait préféré se désaltérer, s'humecter les lèvres, les paupières et la nuque après son voyage, plutôt que d'être mis ainsi en demeure de se marier.

Il fit un pas en arrière, le temps de reprendre ses esprits mais aussi pour se protéger, dans l'ombre du camion. La forte odeur de cambouis et de gasoil qui émanait du moteur chaud avait quelque chose de rassurant, de tangible, une protestation contre l'image irréelle de la belle-mère dont la forme floue flottait dans les vagues de chaleur montant du sol. La situation était inconfortable, et déplaisante. On ne lui avait rien demandé. On n'imaginait même pas qu'il puisse refuser.

S'il refusait, s'il manifestait un avis, un sentiment, les choses risquaient de mal tourner. Le sort de sa mère lui avait assez prouvé la violence des réactions de son père, et le terrible esprit de vengeance de sa belle-mère. Mais accepter, c'était renoncer à son indépendance, à ses études, et se soumettre à la volonté de cette femme qu'il détestait. La jeune fille était jolie, certes, mais elle avait au moins dix ans de plus que lui. Sans doute n'était-elle pas responsable de ce qui arrivait, mais il n'imaginait pas passer sa vie en sa compagnie. Comment gouverner une femme de dix ans plus âgée ?

En son for intérieur, sa décision fut rapide. Sans dire non explicitement, il ferait tout pour empêcher ce mariage. Il remercia donc poliment pour l'offre qui lui était faite, dit qu'il y réfléchirait, mais qu'il avait des devoirs à finir, qu'il ne pouvait pas s'attarder, et demanda à ce que le camion le ramène à Raqqah. Une fois en ville, il espérait trouver d'autres moyens pour ajourner cet arrangement.

L'ambiguïté de sa réaction jeta un froid. La belle-mère sembla vouloir ajouter quelque chose, comme pour le retenir, mais se reprit, et fit simplement un signe de tête au conducteur. Celui-ci grimpa dans le camion. Maïouf n'insista pas. Il sauta à son tour sur la banquette et regarda ostensiblement le désert. Le camion démarra, recula, manœuvra et s'engagea sur la route. Maïouf se sentit soulagé.

Dans cette affaire, Maïouf eut de la chance. Quelque temps après son retour à Raqqah, tandis qu'il attendait avec anxiété les réactions de son père, il apprit que la fiancée qu'on lui destinait avait elle-même renâclé. Elle était ambitieuse. Elle savait qu'il n'aurait droit qu'à une très faible part de l'héritage. Et puis il était étudiant, ce qui, dans le milieu de la jeune fille, n'était pas une activité honorable, en tout cas pas l'activité d'un homme, d'un vrai, celui qui conduit les troupeaux ou les camions. Elle avait donc décidé d'interpréter le temps de réflexion exigé par Maïouf de manière négative et lui avait fait savoir, à son grand soulagement, que puisqu'il renonçait à sa promesse de l'épouser, elle acceptait. Restait à présent à annuler ce que la belle-mère avait arrangé, c'est-à-dire à délier les deux parties de leurs promesses.

Habituellement, dans les villages du désert, c'est le *moukhtar*, le chef, qui décide des mariages. C'est lui qui tranche les arrangements, aussi bien pour confirmer que pour défaire les promesses. C'est le juge suprême et personne n'ose contester les décisions qu'il prend, sous la tente, en présence de tous les parents. Mais Maïouf habitait Raqqah, la grande ville. Et là, les choses se passaient autrement. Il fallait passer devant le juge d'Etat, sur lequel la belle-mère ne pourrait exercer aucune influence.

Rendez-vous fut donc pris devant le juge. Maïouf se présenta seul. Sa mère était morte, et nul n'exigea la présence de son père, ce qui le soulagea. La jeune fille, elle, vint avec son père. Le juge qui les attendait était un homme adipeux que les affaires des Bédouins n'intéressaient guère.

Il les reçut dans son bureau et ne fit aucune difficulté pour délier les deux jeunes gens de leur promesse. Maïouf sortit, contenant mal sa fierté.

Il avait gagné ! Il était libre, et par là même débarrassé des manigances de la belle-mère. Après ce qui s'était passé, après le désaveu qu'il lui avait infligé, elle n'oserait plus se risquer à lui imposer sa volonté.

Demeurait néanmoins une énigme, une inquiétude qui parfois s'éveillait dans le cœur de Maïouf : le père, son père qui étrangement était resté absent tout au long de l'affaire. Le pouvoir de cette femme était-il si fort, se demandait Maïouf, qu'elle ait pu non seulement évincer sa mère, la réduire à rien, mais qu'elle puisse encore décider du destin des autres au gré de caprices jaloux et avec une telle arrogance ? Elle décidait pour tout, c'était certain, et la puissance qu'elle exerçait sur le père de Maïouf lui permettait tout.

14

Maïouf, habitué à la rude vie du désert, exigeait peu. Endurci par ses années de scolarité, il avait appris à supporter les quolibets des autres élèves, qui heureusement se faisaient plus rares à mesure qu'il obtenait de bons résultats. Cela ne l'empêchait pas d'être sensible à sa pauvreté. Depuis qu'il était arrivé, il arborait toujours sa vieille djellaba. Il n'était pas le seul à être ainsi vêtu. Mais sans cesse plus nombreux étaient ses camarades de classe qui portaient des vêtements européens. Si bien que sa vieille djellaba trahissait, chaque jour un peu plus, son indigence.

La matinée était claire, la chaleur n'était pas encore pesante. Il avait des cours à préparer. Rien ne sortait de l'ordinaire. Mais lorsqu'il s'assit au petit bureau qui lui servait de table de travail, un bruit singulier suspendit son mouvement. La djellaba, vaincue par l'usure, venait de se déchirer à la hauteur de la hanche. Il porta la main à son côté pour ramener le lambeau de tissu qui pendait, examina la déchirure et s'aperçut bien vite qu'il était impossible de la rapiécer. Il n'en fut pas surpris. A vrai dire il redoutait ce moment depuis longtemps. Il savait qu'en dépit de ses précautions cela finirait par arriver, un jour ou l'autre. Ce n'était pas le moment d'épiloguer ! Il n'avait plus le choix : il lui fallait changer de vêtement. La famille qui l'hébergeait lui avait déjà beaucoup donné. Il ne pouvait, décemment, leur réclamer une nouvelle djellaba ! Mais il ne pouvait, non plus, se rendre en cours avec ce vêtement terne, effiloché de toute part, à la trame apparente, et qui, à présent, partait en lambeaux. Changer sans emprunter. Quelle autre issue avait-il que d'*acheter* ?

Ce jour-là était jour de marché. Maïouf savait que son père venait à Raqqah, il décida d'aller le trouver. C'était son père, c'était surtout la seule personne à qui il puisse demander de l'argent. A tout prendre, une djellaba ne représentait pas grand-chose pour lui. Bien sûr, il y avait eu cette histoire, ce mariage que Maïouf avait à sa manière contesté – ce qui représentait une sorte d'offense – et fait échouer. Mais le père n'avait rien dit. Peut-être tout cela lui avait-il été indifférent ? Peut-être, après tout, les sentiments que le père entretenait à l'égard de Maïouf n'étaient-ils pas du mépris ou de la haine mais un simple désintérêt ?

Maïouf se mit en chemin vers le champ de foire où se faisait tout le commerce de la ville, quelque peu troublé par la perspective de cette rencontre, certes, mais raffermi dans sa démarche par le frottement du lambeau de laine qu'il tenait fermement plaqué contre sa hanche.

Lorsqu'il parvint à destination, l'animation était déjà grande sur la place et le soleil haut dans le ciel. Il ne s'attarda pas et chercha immédiatement son père dans la foule bigarrée et bruyante. Il espérait pouvoir le trouver parmi les intermédiaires chargés des enchères et de la vente. De loin, il ne le vit pas. Il dut se résoudre à se mêler à la multitude qui se pressait devant lui.

Il se faufila entre des moutons affolés que retenaient tant bien que mal des enfants pas plus rassurés que les bêtes. Il se glissa entre les groupes, dans la poussière et les cris, longea une petite esplanade où étaient assis des hommes gras, ventrus, satisfaits – des marchands sans aucun doute – qui se gavaient de sandwichs en avalant de grands verres d'arak et des lampées de Coca-Cola pour souligner combien ils étaient florissants – ceux-là, se dit-il en les dépassant, seront ivres avant la fin. Il grimpa sur des balles de tissus, sur des caisses mal jointes qui menaçaient de s'effondrer, se fit houspiller, pousser, bousculer, mais il ne céda rien jusqu'à ce qu'enfin il aperçoive la silhouette paternelle. Il esquissa un signe.

Si son père l'avait aperçu, il n'en laissa rien paraître. Il restait assis dans le fauteuil qu'on lui réservait – parce qu'il était un homme important – et observait la foule comme si elle lui avait appartenu tout entière. C'était le milieu de matinée, et vint le moment où, tous les Bédouins s'étant réunis pour vendre ou échanger des bêtes, les enchères débutèrent. Celui qui se chargeait d'organiser cette grande affaire se trouvait au centre de la place et Maïouf pouvait le voir gesticuler et crier dans la cohue. Son père, quant à lui, légèrement en retrait, observait la scène de son fauteuil. De tous les acheteurs, il était le seul à qui l'on offrait un siège, et derrière lui, droits, immobiles, avec l'air respectueux qui convenait à la situation, se tenaient ses fils.

La foule devenait moins dense par endroits. Et tandis qu'il avançait, Maïouf se convainquit que son père l'avait vu : pour témoins ses demi-frères qui le regardaient ostensiblement s'approcher. C'est vrai qu'il n'était plus l'enfant qui venait timidement rendre visite au père. Vrai qu'il avait grandi. Mais le père était un homme de haute stature. Et, conscient qu'il venait quémander auprès de lui, Maïouf se sentit insignifiant face à cet homme qu'il savait puissant.

Lorsqu'il fut tout près, le père, qui avait les bras croisés – il resta ainsi tout au long de leur entrevue –, se contenta de baisser les yeux. Maïouf portait sa djellaba déchirée. Dans le regard du père, il y avait une lueur de mépris. Avec difficulté, et en dépit du silence hautain qu'on lui opposait, il expliqua sa situation, son besoin, sa nécessité. Il acheva son flot heurté de paroles en demandant un peu d'argent pour acheter une nouvelle djellaba et baissa la tête, dans l'attente de la réponse. Le père ne desserra pas les dents. Le silence dura, pénible. Finalement, toujours sans un mot, le père se leva, tourna les talons, et s'engagea au milieu de la foule, abandonnant le garçon, humilié, derrière lui. Les demi-frères de Maïouf le suivirent. Il ne les vit pas. Il avait gardé la tête baissée. Mais il entendit leurs rires de mépris et les haït pour cela.

Une fois seul, Maïouf pleura – même s'il refusa toujours de l'admettre – d'humiliation et de colère. Puisqu'il en était ainsi, il n'avait plus rien à faire avec sa famille. Elle n'avait plus d'existence. Sa seule famille avait été sa mère. Elle était morte. Il était orphelin. Il chassa de son cœur tout attachement, il l'endurcit, le fit aussi dur que la réalité qui le blessait. Puisqu'il en était ainsi, il ne demanderait pas. Il prendrait.

Il savait que son père avait crédit ouvert dans une boutique de Raqqah. Il s'y rendit avec résolution. Il se présenta comme son fils, y choisit une djellaba et la fit mettre sur le compte de son père. Le commerçant hésita un instant. Maïouf n'avait aucune recommandation du père. Avec son vêtement déchiré, il n'avait même pas l'apparence cossue qui aurait dû être la sienne. Néanmoins l'attitude de Maïouf, malgré son allure déguenillée, dut lui paraître suffisamment noble – à moins qu'il ne l'ait simplement pris en pitié – car il inscrivit le prix de la djellaba au bas de la colonne de chiffres griffonnés sur son registre. Lorsque Maïouf se retrouva dans la rue, il ne ressentit ni fierté, ni soulagement. Il s'était fait justice. Mais après cela, il le savait, il ne pourrait plus jamais avoir recours aux siens. Peu lui importait.

semblait important. Il était toujours suivi d'assistants chargés de rouleaux de papier qu'ils dépliaient, ici et là, faisant de grands signes avec les bras. L'homme inspectait, commentait, dirigeait, donnait des ordres aux ouvriers. Mais il semblait à Maïouf qu'il se trouvait là pour autre chose. Il passait le plus clair de son temps à discuter avec des notables ou à signer des papiers que lui tendaient des gens modestes venus l'attendre, parfois depuis le matin. Ce n'est que bien plus tard que Maïouf comprit qu'il s'agissait d'un architecte. Il est probable que cet homme avait retenu l'attention de Maïouf parce qu'il incarnait pour lui une sorte de puissance fascinante, cette puissance dont il supportait le poids depuis sa plus tendre enfance et qui tenait à l'exercice du pouvoir. Plus encore, se mêlait à l'image de l'architecte, déambulant sans but apparent et dispensant ses ordres à des ouvriers empressés autour de lui, l'image du père à laquelle s'associait l'image de ses fils dont certains, sans avoir jamais fréquenté l'école et refusant de travailler, passaient le plus clair de leur temps à flâner le nez en l'air, tout en accablant de reproches ceux qui se trouvaient sur leur chemin.

Maïouf avait donc grandi au rythme de cette construction, comptant les étages au lieu de compter les années. L'adolescence se précisant en lui, il avait aussi commencé à s'intéresser à la vie de la cité qui l'avait accueilli. En dehors du chantier, Raqqah était une ville où se côtoyaient des gens de diverses provenances, une ville où les différences sociales se faisaient sentir avec plus d'acuité que dans les villages qu'il avait connus. Bien sûr, dans ces villages on rencontrait des hommes puissants, plus puissants que d'autres, comme l'était son père auquel il évitait maintenant de penser, mais les relations se faisaient face à face, d'homme à homme, et elles étaient réglées par la coutume, que chacun connaissait, que chacun respectait. Ici, les gens paraissaient anonymes. Foule animée des marchés, foule pressée des avenues, foule épuisée des petites gens, partout des foules nombreuses. Dans cette agitation générale, la seule marque des puissants était leur inutilité. C'est cela que Maïouf concluait de ses observations. Et ce ne devait pas être entièrement faux ; c'est en suivant ce raisonnement qu'il avait fini par comprendre que le gros homme sur le chantier était l'architecte.

En avançant vers le palais, Maïouf se souvint d'avoir été surpris de ne voir aucun Palestinien travailler à l'édification de la bâtisse. Il les avait cherchés, pourtant, parce que la communauté palestinienne avait été au centre des débats. Leur situation de peuple en exil venu demander le soutien d'une nation sœur, le sentiment qu'à travers eux c'était tout le monde arabe qui subissait un échec et un désaveu sur la scène internationale, avaient agité les passions pendant un temps. D'ailleurs, pas plus tard que la semaine dernière il avait pris part à une violente discussion à leur sujet.

Ces derniers temps Maïouf avait découvert le plaisir des discours passionnés. Des discours d'autant plus passionnés et âpres que l'ultime humiliation que lui avait fait subir son père demeurait présente au fond de lui sous la forme d'une exigence : ne plus jamais céder. Aussi n'hésitait-il pas à se mêler aux groupes qui se formaient entre les heures de cours, à prendre part aux polémiques, à se laisser emporter par les sentiments et l'exaltation. Son engagement, sa véhémence parfois, avaient d'ailleurs éveillé l'attention des Frères musulmans. Ils étaient entrés en contact avec lui par l'intermédiaire de l'un de ses camarades de classe. Le cousin de celui-ci en était membre. Les Frères musulmans prônaient un islam fondamentaliste qui commençait d'avoir quelques succès auprès de la couche la plus démunie de la population, notamment à cause du décalage qu'il y avait, dans la société syrienne, entre le discours officiel de fraternité et de partage et la réalité pleine d'inégalité et d'injustice.

Or, à cette époque, Maïouf plaçait la justice au-dessus de tout. La justice ! Avant même l'amitié ou l'amour. Il commençait à réaliser le sort misérable que la société syrienne réservait à ses frères bédouins. Il avait donc prêté l'oreille aux paroles des Frères. Il avait puisé dans leurs exhortations une force nouvelle, celle des certitudes. Ils avaient confirmé, par des arguments, le ressentiment qu'il éprouvait contre les puissants, les notables, cet architecte. Mais tout ne l'avait pas convaincu dans ce qu'ils affirmaient. Il avait eu l'occasion de connaître quelques jeunes juifs, et l'idée que le judaïsme était le mal lui était apparue bien étrange. Il avait eu aussi le sentiment que leur interprétation du Coran était sans nuances. Quant à leur jugement sur le monde occidental, il aimait trop le cinéma de ces lointaines contrées pour le leur accorder. Il ne les avait pas rejoints, mais avait pris chez eux un regard critique sur le monde et les mœurs qui l'entouraient.

16

Lorsqu'il eut pénétré dans le bâtiment, Maïouf s'engagea dans un couloir qui longeait la façade. L'intérieur n'était pas plus reluisant que l'extérieur. Des peintures écaillées auxquelles plus personne ne prêtait attention, un sol couvert d'une fine pellicule de sable, rien de la solennité que l'on aurait été en droit d'attendre d'un lieu où se rendait la justice. Maïouf ne savait pas où se trouvait la salle qu'il cherchait, seule la présence de petits groupes discutant avec animation à côté d'une porte béante lui indiqua qu'il était arrivé à destination. Il ralentit le pas et, à hauteur de l'ouverture, risqua un coup d'œil à l'intérieur de la petite salle poussiéreuse d'où sortait un brouhaha confus traversé d'éclats de voix. Il se demanda s'il ne s'était pas trompé. On lui confirma qu'il s'agissait bien là de la salle d'audience. Il entra.

La première chose que l'on remarquait dans cette salle c'était, accroché sur le mur sale, le portrait du président. On eût dit que quelqu'un l'avait suspendu là en hâte, après s'être aperçu qu'il manquait. La vitre était couverte d'une épaisse couche de crasse. Malgré tout, on pouvait deviner les couleurs délavées et la pose que l'on retrouvait sur tous les portraits présidentiels accrochés dans les boutiques, sur les panneaux publicitaires ou dans les journaux. Aucun doute possible, c'était bien le Père de la nation qui veillait, jusque dans la petite salle de cette petite ville, sur son administration.

Une foule se pressait, qui encombrait l'espace et ne cessait de s'agiter. Maïouf constata cependant que l'on avait installé deux tables sous le portrait, disposées légèrement de biais. Entre les épaules des curieux qui s'amassaient devant lui, il put encore distinguer un gros homme dégoulinant de sueur qui s'épongeait le front de temps à autre avec un mouchoir qu'il remettait régulièrement dans la poche de son pantalon en se tournant péniblement sur le côté. Tandis que sa main droite accomplissait ce manège, sa main gauche virevoltait, manifestant des signes d'impatience à l'attention d'autres personnages, tout aussi gras et suants, qui gravitaient autour de lui. Avant de se mettre en quête d'une place, Maïouf nota un dernier détail : l'un des hommes portait un chapeau informe qui basculait sur sa nuque.

Il choisit, finalement, de se caler dans l'angle de la porte. De là où il était, il pouvait observer la scène, sans que personne ne le remarque. Il tenait à passer inaperçu. Mais cela lui était aujourd'hui plus facile. Pour une fois, il était dans le ton. Le keffieh et sa djellaba ne le distinguaient en rien des dizaines d'autres, pareillement vêtus, qui bavardaient autour de lui. Ceux-ci, d'ailleurs, ne paraissaient guère passionnés par l'affaire que l'on jugeait. Peu importait à Maïouf. Ce n'était pas pour cette affaire qu'il était venu.

Tout à coup, il y eut des cris, un remue-ménage provenait de l'endroit où posait le président, imperturbable, dans son cadre. Le public fut pris d'un mouvement de curiosité mêlé d'une étrange satisfaction. La plupart des gens qui se trouvaient là étaient venus simplement attirés par le sensationnel. Maïouf se dressa sur la pointe des pieds. Derrière la deuxième table il y avait, à présent, un homme enchaîné à deux policiers, les poignets bloqués par des menottes. L'agitation soudaine venait de ce que l'homme s'était redressé d'un seul coup en levant les bras, entraînant avec lui la chaîne et ceux qui y étaient attachés. Dans ce tableau comique où les trois hommes, les bras levés comme des marionnettes, mêlaient leurs vociférations, c'est l'accusé qui criait le plus fort.

— Laissez-moi aller chercher un menteur ! hurlait-il. Il ne faut pas laisser parler celui-là tout seul. Laissez-moi aller chercher mon menteur ! Je promets de revenir.

Il gesticulait, toujours accompagné des deux policiers qui ne pouvaient rien empêcher, le visage empourpré et confus tourné vers l'homme au chapeau informe.

Maïouf se pencha vers son voisin :

— Qu'est-ce qui se passe ? demanda-t-il.

— Un berger bédouin. Il a tué un homme qui lui volait ses brebis. Il dit que tout le village était d'accord pour qu'il le tue. Qu'ils s'étaient réunis pour ça, et que même la famille de la victime trouvait ça juste. Il a dit au juge que le *moukhtar* avait certifié la décision.

En lui donnant ces explications, le voisin se rengorgea. Il regardait à peine Maïouf en parlant. On sentait qu'il prenait plaisir au scandale et qu'il goûtait à l'avance le fait de pouvoir, dans les jours à venir, raconter tout cela à qui voudrait l'entendre. Sur sa lancée il ajouta :

— Ah ces Bédouins ! Celui-là s'est fâché en criant que les gens de Raqqah n'avaient qu'à se mêler de leurs affaires. Qu'ils devaient laisser les Bédouins tranquilles. Que, de toute façon, chez les Bédouins, si on tue et que l'on ne demande pas pardon, on sera exécuté ou bien l'on aura un accident. Fallait voir la tête du juge quand il lui a dit ça !

Disant cela, l'homme partit d'un long rire. Maïouf eût préféré en rester là mais l'autre était en veine. A peine calmé, il poursuivit :

— Tiens ! voilà la meilleure : il a affirmé que dans son village, si quelqu'un avait tué par accident ou par erreur il devait quand même payer ! Mais si on avait l'accord du village, alors, c'est que la justice avait été rendue.

Maïouf connaissait ces coutumes. Elles avaient sans doute quelque chose de sauvage, mais elles n'étaient pas dépourvues de sens. Tous les Bédouins les respectaient, et elles réglaient leur vie aussi bien que d'autres. Que pouvait y entendre cet habitant de Raqqah qui, manifestement, méprisait les Bédouins ? Maïouf ravala ses remarques et, sans vouloir paraître impoli, il hasarda :

— Pourquoi veut-il appeler un menteur ?

— Parce qu'il ne sait pas ce que veut dire un avocat ! Tu vois, là-bas, l'homme au chapeau en face de lui ? C'est le procureur. Il vient de terminer sa plaidoirie. Le Bédouin conteste. Il croit assister à un concours de menteurs et il demande à choisir son champion.

Le juge, renversé en arrière sur son siège, s'épongeait avec une irritation croissante. Soudain, il se dressa avec une vivacité qu'on ne lui eût pas prêtée et exigea le silence. C'est tout juste si on lui accorda attention. Le murmure des spectateurs continua, un ton plus bas, simplement. Epuisé par l'effort et l'indifférence du public, le juge se laissa choir à nouveau sur sa chaise. Mais il ne s'avoua pas vaincu, et c'est d'une voix pleine d'autorité qu'il tonna :

— Ça suffit comme ça ! Puis, se tournant vers l'accusé : Tu veux faire des histoires ? Je vais te donner ce que tu mérites. Faisant un geste vers le procureur ventru que l'interruption avait laissé bouche bée, il ajouta : Ce n'est pas la peine de continuer. Vous perdez votre temps et moi le mien. J'ai décidé de ce qu'il fallait faire de celui-ci.

Le procureur fit signe qu'il acceptait la décision du juge et regagna sa place. Sur son visage se lisait le soulagement de n'avoir plus à intervenir.

Maïouf n'écouta pas la lourde sentence que le juge prononça à l'encontre d'un accusé abasourdi, ne comprenant absolument rien à ce qui arrivait. C'est à peine s'il remarqua la sortie du juge, qui disparut par une porte latérale, et les difficultés que les policiers éprouvèrent à relever le Bédouin.

L'angoisse, qui le tenaillait depuis qu'il avait pénétré dans la salle du tribunal, s'était accentuée au point que ses oreilles bourdonnaient. Quelle chance pourrait avoir son jeune oncle, un Bédouin lui aussi, avec un tel juge ?

Son jeune oncle !

L'un des rares visages souriants qui se tournaient vers lui lorsqu'il revenait au village. Son jeune oncle, qui n'avait pas eu sa chance, ni peut-être sa volonté endurcie par l'épreuve. Après quelques années d'école, il avait dû arrêter ses études. Mais, ayant passé son temps sur les bancs de la classe, il n'avait pas reçu la dure initiation des bergers, si bien qu'on avait dû chercher ailleurs pour le placer. En revanche, il savait lire et écrire. Cela l'avait aidé. Il était entré au service des gendarmes.

C'est ainsi qu'au printemps, il s'était retrouvé dans un poste isolé sur une route du désert, un cube de ciment dans lequel la chaleur faisait cuire son homme, équipé de deux lits en fer, pour le gendarme et pour lui-même, et d'ustensiles de cuisine rouillés. Là, tout ce qu'ils avaient à faire, c'était d'attendre. Rien d'autre qu'attendre.

Un matin, l'oncle avait reparu au village, affolé, couvert de sang. Le gendarme était mort ! C'était un accident ! Il nettoyait son arme quand le coup était parti ! Le corps était tombé sur le sol couvert de poussière grise. Il l'avait retourné mais il était trop tard. Il avait pris peur, avait ramassé l'arme sans y penser et s'était enfui. Ah, s'il était resté, s'il avait averti le central, s'il n'avait pas tenté de porter secours au gendarme qui baignait dans son sang, s'il n'avait pas ramassé l'arme. Si...

La police avait investi le village en fin de journée. Elle n'avait eu aucun mal à dénicher l'oncle qui se terrait chez sa mère et l'avait embarqué. Maintenant, on l'accusait de meurtre.

17

Plusieurs mois auparavant, il avait décidé de faire une visite à sa grand-mère, de revoir le village de son père et, s'il s'en sentait le courage, d'aller même jusqu'à sa maison. Son ressentiment à l'égard de sa famille finissait par lui peser, laquelle, faute d'en connaître les raisons sans doute, n'y comprenait pas grand-chose. Pourquoi ne donnait-il plus de nouvelles ? A son arrivée, peu après le lever du soleil, la rue était curieusement animée. Les gens l'avaient accueilli avec un plaisir manifeste, après une si longue absence ! mais une affaire survenue la veille occupait les esprits, et les conversations.

Ils étaient tous devant leur porte, parlant avec de grands gestes, excités, surtout quand se montrait une personne qui ignorait tout de l'aventure. Ce jour-là, il avait entendu au moins quinze versions différentes et dans les jours suivants d'autres s'étaient surajoutées, et il devenait de plus en plus difficile de se faire une idée juste de ce qui s'était réellement passé.

Chaque villageois brodait, inventait de nouveaux détails, soit pour rendre l'histoire plus épique, soit pour lui faire plaisir.

Il n'avait pas vraiment réussi à s'y retrouver. Il était resté sur place quelques jours, sans parvenir à rencontrer son père, et, la tristesse l'emportant, il avait fini par évacuer de son esprit les multiples variantes de l'affaire.

Quelques semaines après son retour à Raqqah, il avait croisé un marchand de moutons dont toute la famille habitait le village. Ils avaient bavardé de choses et d'autres, du temps qu'il faisait et du temps qu'il ferait, s'étaient transmis les nouvelles de connaissances mutuelles.

Le vieux marchand avait bien essayé d'éviter de parler à nouveau des événements, mais il était impossible à tous deux de faire comme si rien ne s'était passé.

— Tu sais que moi aussi, je suis un Badawi, mais je n'ai rien pu faire, crois-moi. Ils avaient l'air très décidés et puis on s'y perdait, on ne savait même pas quoi leur reprocher !

Face à son interlocuteur impatient d'en apprendre davantage, il avait rajouté d'un ton désabusé :

— Toi aussi, tu vas me faire des reproches... Mais bon, je t'ai déjà dit que ces hommes étaient certainement dans le secteur depuis longtemps. Tout le monde pense même qu'ils étaient déjà sur place avant l'aube parce que les chiens avaient aboyé d'une façon inhabituelle vers le désert cette nuit-là.

J'avais des brebis qui devaient mettre bas à cette époque et je m'étais levé un peu plus tôt que d'habitude, tu sais qu'il vaut mieux les surveiller dans ces cas-là : on ne sait pas ce qui peut leur arriver, et une brebis perdue, c'est une promesse de misère. Tiens, par exemple, la semaine dernière, il a fallu que j'aille en chercher une au milieu du... D'accord, ne t'énerve pas, je te reprends tout depuis le début, enfin pas depuis le tout début, je t'en parlerai si tu veux, mais depuis ce fameux matin, au moment où on a vu ton oncle arriver, couvert de sang. Comme je te le disais, ils ne s'étaient pas encore montrés, c'est plus tard qu'ils sont venus. Pour en revenir à ton oncle, on a entendu de loin la voiture de la gendarmerie. Tout le monde savait que c'était elle, parce qu'à part le camion de ton père, il y a peu de véhicules dans le secteur, et on finit par reconnaître le bruit de chaque moteur. Tu sais, il n'y a pas si longtemps qu'on a donné des voitures aux gendarmes. Mais nous, ça nous arrange, même quand on n'a rien à se reprocher !

Pendant des années on a tellement eu l'habitude de les voir arriver à l'improviste et nous surprendre avec leurs chevaux en plein milieu des champs ou des villages, qu'on est plutôt contents de les savoir en voiture. Au moins comme ça, on les entend venir de très loin !

En général, les gendarmes ne passent pas si tôt. Tu les connais, ils n'ont pas grand-chose à faire et ils ne sont pas très malins : tu sais que je ne dirais pas de mal de ton oncle, mais ce n'est quand même pas une lumière ! Quand il faudrait qu'ils se remuent, il s'agit toujours d'affaires trop importantes pour eux et leurs chefs envoient quelqu'un d'autre pour s'en occuper. En plus, on préfère ne pas les voir. Sauf leur respect, tu sais qu'ils se comportent comme s'ils avaient tous les droits et quand ils ont besoin d'argent, il leur suffit d'en exiger. Celui qui refuse, même s'il n'est pas fautif, a forcément tort et ne tarde pas à avoir de vrais ennuis. Donc ils ont la vie belle et ils ne se mettent à bouger dans le poste qu'à l'heure du casse-croûte. Ils vont faire un tour dans la matinée pour brûler la quantité d'essence réglementaire, et un autre dans l'après-midi après la prière, quand la chaleur s'est un peu calmée. Mais personne ne se souvient les avoir jamais vus ou entendus s'agiter ou sortir pendant la nuit. C'est plutôt le contraire, il y a des moments où ils ne quittent même pas le poste pendant un ou deux jours, tant ils sont fatigués de ne rien faire. De toute façon, comme ils ne sont que deux, ils n'ont guère de raisons de se casser la tête. Si bien que le bruit de moteur en pleine nuit a réveillé pas mal de gens. Il y en a qui se sont levés et sont sortis des maisons pour voir ce qui se passait. La voiture est arrivée à toute vitesse et s'est arrêtée en plein milieu du village dans un nuage de poussière et de plumes. Parce que la voiture avait aussi réveillé toutes les poules, qui sont sorties affolées de partout et se sont précipitées vers les phares. Vu la façon dont ton oncle conduisait, il en a écrasé pas mal. Heureusement, comme tu sais, la maison de mon cousin est à l'autre bout du village et les poules qu'il élève pour moi n'ont pas été touchées. Parce qu'au prix où elles sont en ce moment, je ne sais pas comment j'aurais fait pour m'en procurer d'autres. Aujourd'hui, on n'en a même pas une pour le prix de deux l'an dernier. Tiens, tout à l'heure, j'ai voulu en acheter... Arrête de crier tout le temps : si tu continues à m'interrompre, on n'y arrivera jamais ! Je vais tout te raconter, mais il faut bien que je te dise comment ça s'est passé, et si je ne te donne pas tous les détails, tu ne pourras rien comprendre... Donc la voiture de la gendarmerie s'est arrêtée et ton oncle est descendu aussitôt. Ça nous a surpris, parce que d'habitude ce n'est pas lui qui conduit, il est trop jeune. Il était pâle, mais ce qu'on a remarqué aussitôt c'est le sang encore frais qui couvrait tout le devant de son uniforme. Ceux qui étaient sortis de chez eux se sont approchés et ont commencé à lui poser des questions. Il y avait un tel vacarme qu'on ne s'entendait plus. Les hommes lui demandaient ce qui se passait, si c'était la guerre, des femmes criaient. Finalement une des femmes a crié plus fort que les autres, en disant qu'il était peut-être blessé et qu'il fallait voir s'il avait besoin de soins. Ça a calmé tout le monde et il a pu parler. Il n'était pas blessé, mais il a dit qu'il avait tué son collègue.

18

— Ne me coupe pas s'il te plaît, si tu m'arrêtes chaque fois que je parle, je vais rater mon marché et tu n'apprendras rien. Je t'ai dit que je devais te donner tous les détails. Sur le moment, personne n'a fait le lien entre l'histoire de ton oncle et les hommes qu'on avait entendus. Ce n'est même pas lui qui en a parlé le premier. D'ailleurs, après, ça m'a semblé vraiment bizarre qu'il ne dise rien à leur sujet, alors que c'était la seule nouveauté dans le secteur depuis longtemps. Si tu veux mon avis, je suis certain qu'il y a quelque chose de pas net dans cette histoire. Mais laisse-moi continuer, sinon je vais encore perdre le fil et on n'en sortira pas. Ton oncle s'est assis sur le marchepied de la voiture et il s'est mis à pleurer. Tout le monde a fait cercle autour de lui, cette fois plus personne ne parlait. Alors il s'est calmé et s'est mis à raconter son histoire :

"Depuis plusieurs jours, mon collègue et moi, on était inquiets, sans trop savoir pourquoi. C'est peut-être le début du printemps qui nous travaillait, parce que ces journées et ces nuits sans femme dans un poste au milieu du désert, dans ce cube en ciment où la chaleur vous fait cuire, avec les mêmes lits en fer, les mêmes ustensiles de cuisine, la même théière qui rouille là depuis des années, ça finit par taper sur le système. Alors on a décidé d'aller faire un tour pour se calmer les nerfs."

Le marchand avait fait une pause, en homme qui savait ménager ses effets.

— C'est à ce moment-là que quelqu'un s'est mis à lui parler des étrangers, mais il l'a très mal pris. Il a presque crié : "Ce n'est pas la peine d'en parler, ça n'a rien à voir ! Je sais bien que vous voulez que j'en parle, mais il n'en est pas question. Rien à voir, je vous dis que ça n'a rien à voir !" Personne ne disait rien, parce que tu sais bien qu'il vaut mieux ne pas contredire les gendarmes, même ceux qu'on connaît bien. Sinon, tu ne tardes pas à les voir arriver avec un bon sourire. Ils te parlent de choses et d'autres et, en passant, te disent qu'ils ne gagnent pas grand-chose et qu'ils seraient bien contents si tu leur offrais une poule, un mouton, ou même de l'argent. Si c'était leur anniversaire chaque fois qu'on doit leur offrir des cadeaux, ils auraient déjà deux mille ans ! Mais ton oncle s'énervait tout seul et il n'y avait pas moyen de le calmer. Alors quelqu'un lui a demandé pourquoi il disait qu'il avait tué son collègue et pourquoi il était couvert de sang. Il a recommencé à pleurer et ça a duré un bon moment avant qu'il puisse se remettre à parler :

"Hier, on a fait quelques tournées de vérification parce qu'il y avait ces hommes qu'on ne voit pas d'habitude. Mais bon, inutile que je raconte, puisque ça n'a rien à voir." Il s'est buté, il est resté muet un moment. Puis il a repris : "On a vérifié, c'est tout, et il n'y avait rien, absolument rien. On a fait des kilomètres dans le désert pour rien, même pas un corbeau en vue. Mais cette nuit, à cause de tout ça, on n'arrivait pas à dormir. Il faut dire aussi qu'on commence à en avoir marre de ce poste où on passe toutes nos journées et toutes nos nuits, même si c'est près de la route nationale. Il y a les camions et les cars qui passent de temps en temps, mais on finit par les connaître tous et ça ne nous réveille plus. Sauf que cette nuit, il était impossible de dormir, à cause de tout ça."

A ce moment, quelqu'un a demandé "mais pourquoi ?", puisqu'il n'arrêtait pas de dire qu'il ne se passait rien. Il s'est remis à pleurer et il ne pouvait plus s'arrêter. Il a fallu que je le secoue pour qu'il continue son histoire :

"Le poste est isolé et s'il nous arrivait quelque chose, on aurait beau téléphoner au central, ça ne servirait à rien, puisqu'il leur faut au moins deux heures de route avant d'arriver ici. Alors mon collègue et moi, on a pensé que si un jour on était menacés il faudrait bien qu'on sache se défendre sans l'aide de personne. D'accord, il ne s'est rien passé depuis que j'ai commencé à être gendarme, mais on ne sait jamais. Et justement parce qu'il ne s'est rien passé et que nous n'avions pas eu à nous servir de nos fusils et de nos pistolets depuis longtemps, on s'est dit qu'il faudrait peut-être les entretenir et les vérifier pour être bien sûrs qu'ils fonctionnent en cas de besoin. Nous avons pris les armes et nous avons commencé à les démonter pour graisser toutes les pièces. Heureusement qu'on y a pensé, parce qu'il y avait du sable dans les barillets et qu'ils auraient été inutilisables cette nuit. De toute façon, on n'aurait pas eu à s'en servir, ce n'est pas ce que j'ai dit, mais c'est là qu'il y a eu l'accident... Il était en train de remonter son pistolet et moi j'avais terminé avec le mien. Alors j'ai dit que j'allais essayer dehors, parce qu'il n'y avait pas de nuages et qu'avec la lune on y voit très bien. Sur le mur à côté de la porte du poste, on a installé des boîtes de conserve pour s'entraîner. Je me suis éloigné pour viser les boîtes et vérifier que mon pistolet marchait bien. Pendant que je visais, je ne regardais pas la porte. Au moment où j'ai tiré, il est sorti du poste et il est passé devant les boîtes.

J'ai crié, mais c'était trop tard et il est tombé d'un seul coup. Sur le moment, j'ai cru qu'il me faisait une farce et je lui ai crié d'arrêter, que ce n'était pas drôle. Mais il est resté sans bouger, alors je suis revenu en courant vers le poste, en continuant à l'engueuler. Quand je me suis baissé et que je l'ai retourné, j'ai vu ses yeux qui ne regardaient nulle part…"

Ton oncle s'est arrêté, il avait la gorge tellement serrée qu'il n'arrivait plus à parler. On lui a fait boire du thé en lui demandant de continuer. Il a cessé de pleurer, s'est mis en colère :

"Je vous ai tout raconté, laissez-moi tranquille !

— Pourquoi tu es venu ici, au lieu d'appeler le central ?

— J'ai eu peur, si vous voulez tout savoir, et sans réfléchir, j'ai sauté dans la voiture pour venir au village et pour vous demander de m'aider si jamais on me cherchait des ennuis."

Le vieux marchand s'était interrompu, cherchant à éviter le regard de son jeune compatriote :

— Voilà ce qui s'est passé… Maintenant il faut que je pense au marché…

— Je te connais assez pour savoir qu'on pourrait rester à bavarder pendant des heures sans que tu t'occupes de tes moutons. Tu sais que c'est la suite qui m'intéresse.

Le vieil homme se remit à parler d'une voix neutre :

— On était tous autour de lui et on ne perdait pas une miette de ce qu'il disait, mais comme il s'était arrêté de parler, il y a eu un grand silence. C'est juste à ce moment-là qu'on a entendu un bruit de moteur qui s'approchait. J'étais en train de regarder ton oncle, il s'est levé et il s'est mis à côté de nous. J'ai bien remarqué qu'il tremblait, mais sur le moment ça ne m'a pas frappé parce que j'ai mis ça sur le compte de l'émotion après ce qui lui était arrivé. Mais plus tard, je me suis souvenu que c'était juste le moment où on a entendu arriver de loin un bruit de moteur, et plus le bruit approchait, plus ton oncle tremblait. Quand la jeep est arrivée au bout de la rue, il ne tenait presque plus sur ses jambes.

19

— Un homme est descendu de la jeep pour demander ce qui se passait. On n'a pas vu à quoi il ressemblait, parce que son keffieh était rabattu, mais on a tous remarqué qu'il avait une grande balafre en travers de l'œil droit, une entaille qui lui donnait un regard étrange, presque figé, comme si la cicatrice et l'œil avaient la même raideur. En plus, il avait une voix que je n'avais jamais entendue, ni dans le secteur, ni à Raqqah, ni même à Alep. Le lendemain, j'ai d'ailleurs posé la question aux autres, mais personne non plus ne connaissait cette voix. Maintenant je la reconnaîtrais, parce qu'elle était étrange, métallique, avec une sorte d'accent que je n'ai pas pu identifier. Les hadjis pensent que c'est un accent saoudien, mais ils n'en sont pas certains. Dans la jeep il y avait deux autres hommes. On ne sait pas à quoi ils ressemblent, parce qu'ils ne sont pas descendus. En tout cas, c'était anormal de les voir dans le village, parce qu'il n'y a pas de raison pour que des étrangers passent par là, la route nationale est assez loin et il n'y a pas de panneau indicateur. Toi qui as vécu des années chez ta grand-mère avant de passer ton brevet, tu sais bien que pour trouver le village, il faut connaître les pistes qui y mènent, ou vraiment tomber dessus par hasard. Quand on est dans le désert, même à deux cents mètres, on ne le voit pas, dans le creux où il est. Donc ils étaient venus parce qu'ils avaient une raison. L'homme a dit qu'ils étaient en voyage et qu'ils avaient roulé longtemps. Pour se reposer, ils s'étaient arrêtés sur le bord de la nationale et, presque aussitôt, ils avaient entendu des coups de feu. Juste après, ils avaient vu la voiture des gendarmes passer à toute vitesse et ils avaient suivi ses phares. C'est comme ça qu'ils étaient arrivés au village. Là encore, sur le moment, aucun d'entre nous n'y a fait attention, parce qu'il se passait tellement de choses depuis une heure qu'on était prêts à tout. Mais après, quand on en a discuté, personne n'avait jamais entendu parler d'étrangers qui se mettent à courir derrière des gendarmes en pleine nuit sans motif. L'homme a insisté pour savoir ce qui s'était passé. D'habitude, personne ne dit rien, mais étant donné les circonstances, beaucoup avaient envie de parler parce qu'avec toutes ces histoires, on aurait de quoi passer des soirées et des soirées à en reparler dans le village. Tu sais comment ça se passe : plus on en fait pour se fabriquer des souvenirs, mieux ça vaut pour la suite... C'était un drôle de type, parce qu'il a presque eu un air content quand on lui a dit que ton oncle venait de tuer son collègue. Pendant tout ce temps-là, ton oncle n'avait pas ouvert la bouche, mais maintenant que j'y pense, je suis convaincu qu'il avait peur. Ce n'était pas normal qu'il continue à trembler comme ça. Quand il a vu que le bonhomme souriait, ça a eu l'air de le soulager. Mais il s'est remis à trembler quand l'autre s'est approché de lui et lui a murmuré quelques mots à l'oreille. Personne n'a entendu ce qu'il disait, mais ton oncle a fait signe de la tête qu'il était d'accord. Il est monté avec eux dans la voiture et ils sont partis.

— Vous l'avez laissé partir ?

Le marchand le regarda, surpris :

— Mais puisqu'il n'y a rien à leur reprocher !

— Tout à l'heure, tu m'as dit qu'ils avaient l'air très décidés et maintenant tu dis qu'ils étaient trois face à tout le village.

— Ton oncle n'a pas protesté, je t'assure, on aurait presque dit qu'il les connaissait. Il avait peur, mais il les a suivis sans rien dire et sans rien nous demander. Il avait même laissé la voiture de gendarmerie sur place et montré à tout le monde qu'il était d'accord avec eux !

— D'habitude, les Bédouins ne laissent pas emporter un des leurs par les étrangers, c'est tout ! Quand on se réfugie chez les Bédouins, on est sauvé, tu le sais ! Tu sais mieux que moi qu'ils se feront tuer plutôt que de livrer celui qui leur fait confiance, quelle que soit la raison !

— Tu es un gamin trop sûr de soi, trancha le vieux marchand. Tu te permets de juger tout le monde parce que tu es le plus instruit, tu n'as pas encore passé ton bac et tu fais déjà le professeur ! C'est facile de parler comme tu fais ! Moi, tu sais, je suis un des derniers parmi ceux qui ont connu l'époque des grands troupeaux, quand toute la tribu, nombreuse, poussait devant elle des centaines de chameaux, des milliers de moutons. Lorsqu'elle arrêtait sa marche au milieu du désert, on déployait toutes les tentes et c'était comme une ville qui naissait soudain pendant que tombaient la nuit et les étoiles filantes. Et puis on a commencé à nous interdire certains territoires, on nous a obligés à être recensés, à nous inscrire dans les administrations, à nous empêcher de faire du commerce... Au début, on a su comment résister, on cachait les enfants quand venaient les agents du recensement, pour qu'ils ne puissent pas les enregistrer et qu'on ne les prenne pas pour l'armée, ou alors on montrait d'autres enfants plus grands ou plus âgés, s'ils avaient des doutes sur le compte. Mais ça n'a pas servi à grand-chose… On nous a chassés, parqués dans des endroits précis. Il n'y a pas longtemps qu'on reste toute l'année dans les villages… Tu crois que ce pays nous aime ? Tu verras, quand tu grandiras, comme on t'observe, comme on te traite ! Et tu t'apercevras aussi que, plus tu protestes, plus tu te révoltes, plus on te poursuit, plus on te chasse, plus on t'assomme. Voilà pourquoi j'y regarde maintenant à deux fois avant de me lancer tête baissée ! Il faut que tu comprennes que ton oncle ne protestait pas. Tout le monde pensait qu'il ne racontait pas la vérité, qu'il ne nous faisait pas confiance. Comme en plus il venait de dire qu'il avait tué son collègue, même si c'était par bêtise, personne n'avait tellement envie de se bagarrer pour lui. Mais il n'était pas menacé ou, en tout cas, il ne le disait pas : quand l'homme a dit qu'il l'emmenait à Raqqah, il est monté dans la jeep sans rien dire. Voilà la vérité !

Maïouf baissa la tête :

— Pardonne-moi, je ne voulais pas t'insulter. Mais je suis triste, parce que j'en sais maintenant trop sur tout ça, et j'aimerais tellement que les choses changent.

— Tu as peut-être l'âge pour ça, conclut le vieil homme. Pour moi, je m'en vais vendre mes moutons.

Puis il s'éloigna d'une démarche lasse et le dos voûté.

20

Une fois le premier procès expédié, le public s'agita.

Les chaises se vidèrent. Il se fit un grand remue-ménage. Certains sortaient prendre l'air. D'autres arrivaient et cherchaient une place pour assister à l'affaire suivante : le jugement de l'oncle. Les commentaires sur les derniers événements allaient bon train. Maïouf se fit bousculer à plusieurs reprises. Il devint vite évident qu'il ne pourrait rester où il était sans se faire marcher sur le corps. Comme il ne voulait pas se mêler à la foule des badauds, il sortit prendre l'air le temps que les audiences reprennent.

En franchissant la haute porte du palais, Maïouf fut ébloui par la luminosité crue du matin qui se reflétait sur le sable comme sur une mer plate. Les grandes marches étaient toujours le théâtre d'allées et venues incessantes qui l'empêchaient de s'asseoir. Il fit le tour du bâtiment. Le côté nord était moins fréquenté, il proposait quelques zones d'ombre propices. Maïouf élut l'une d'elles et s'y accroupit pour se calmer. Il pensait ne rester que quelques instants mais se laissa aller à une longue rêverie.

Il songeait à ce moment où il avait osé, le cœur battant, adresser la parole à sa jeune voisine. Il en avait fait la connaissance, quelque temps plus tôt, par l'intermédiaire de Nour, la jeune fille de la maison dans laquelle il logeait. Mais les présentations avaient été rapides, à peine esquissées. Il était sur le point de sortir quand ils s'étaient croisés. Elle ne semblait pas lui avoir prêté une très grande attention, mais lui avait été saisi par son image. Et depuis, il en était obsédé. C'est pourquoi, en revenant du lycée, il s'était mis, ce jour-là, à traîner les pieds afin de se trouver à hauteur de sa maison au moment où elle-même arriverait. A force de l'observer, il s'était fait une idée assez précise de son emploi du temps et savait exactement à quelle heure la croiser. Lorsqu'il l'avait aperçue, il avait pressé le pas pour arriver à sa hauteur.

— Bonsoir, mademoiselle ! avait-il lancé.

Elle l'avait regardé d'un air faussement surpris, quelque peu amusé, et avait répondu avec une sévérité feinte :

— Je ne pense pas vous connaître. Croyez-vous qu'une jeune fille réponde à un inconnu dans la rue ? Et si elle le fait, aurez-vous de l'estime pour elle ?

Tout en disant cela, la jeune fille arborait un visage rieur, légèrement teinté du rouge qui avait envahi ses pommettes quand Maïouf l'avait apostrophée. Il s'était défendu :

— Mais si, nous nous connaissons ! Vous ne vous souvenez pas ?

De la tête, la jeune fille avait fait signe que non. Un peu dépité de ne lui avoir laissé aucun souvenir, Maïouf avait alors décidé de changer de tactique :

— Nous nous croisons souvent, vous savez. J'habite la maison voisine de la vôtre.

Devant son désarroi sincère, elle n'avait pu s'empêcher de rire :

— Quelle coïncidence !

Son rire était si clair, si spontané, qu'il avait été gagné par cette libre gaieté, et moitié par bonheur, moitié par soulagement, avait lui-même éclaté de rire. Ils avaient fait quelques pas ainsi, en riant mais gênés. Secrètement, il exultait. Une joie sans mesure avait gonflé ses poumons et accéléré les battements de son cœur. Elle avait accepté de lui parler ! Elle semblait même heureuse ! C'est un rêve qui prenait le chemin de la réalité. Il n'arrivait pas à croire que cela soit possible. Heureusement, ce n'était pas lui qui parlait, qui agissait, non ! C'était un étranger qui avait son visage et qu'il regardait faire, qu'il admirait pour son aplomb.

Craignant néanmoins qu'un silence prolongé ne vienne gâcher ce premier contact, il avait été sur le point de se lancer dans un long discours lorsqu'elle l'avait interrompu d'un geste charmant de la tête :

— Eh bien, j'espère que nous nous reverrons.

Puis elle s'était détournée et avait passé la porte sans ajouter un mot. Il était resté sur le trottoir, déçu de ne pouvoir lui parler plus longuement mais ivre du bonheur de n'avoir pas été repoussé. Toute la soirée il avait chantonné et, pour la première fois, ne s'était pas jeté sur ses livres et ses cahiers après le repas.

Le lendemain, ils s'étaient à nouveau croisés, et le surlendemain et tous les jours d'après. Mais Fadia – c'était son nom, un nom qu'il se répétait avec émerveillement – n'avait pas accepté d'autres rencontres que celles du "hasard" aménagé des retours de lycée. Aussi chaque fin d'après-midi s'était-il précipité dans la rue, attendant qu'elle apparaisse pour la rejoindre. Elle avait deviné sa manœuvre mais l'avait acceptée avec une grâce pleine de promesses.

Il lui semblait même qu'elle prenait plaisir à leurs conversations, souvent prolongées, devant la porte de sa maison. Ce devait être cela, l'amour idéal dont parlaient les soufis. Se plaire dans la compagnie de quelqu'un. Mêler ses joies, ses aspirations les plus profondes, être dans une communion lumineuse. Le seul fait d'envisager le corps de Fadia, de se laisser aller à des rêveries érotiques la concernant paraissait dégradant à côté de ces nobles sentiments. Fadia, il ne pouvait l'évoquer que dans l'esprit du grand poète Omar Khayyam pour qui la vision du bonheur était "l'eau, l'herbe et la contemplation d'un beau visage".

Quelqu'un cria dans la rue. Maïouf sursauta. Le procès ! D'un bond il fut debout. Le soleil avait progressé dans le ciel. Il se précipita à toutes jambes vers l'entrée du palais.

21

La plaidoirie de l'accusation touchait à sa fin.

— Ainsi, monsieur le président, ce garçon dit que c'est un accident. Qui pourra jamais le prouver puisque l'unique témoin n'est plus là pour le confirmer ? Moi je dis que si sa version était exacte nous n'aurions pas trouvé ses vêtements couverts de sang. Si sa version était exacte, nous n'aurions pas retrouvé l'arme du crime chez lui. Non, s'il s'était agi d'un accident, il ne se serait pas enfui. Un accident… Il n'avait rien à craindre !

S'arrêtant un instant pour laisser ses arguments produire leur effet, le procureur empoigna son pantalon qui s'était relâché sous les soubresauts qui ne cessaient d'agiter son ventre, et d'un coup sec le remonta, savourant les murmures provenant du public.

— Donc, l'accusé s'est enfui, reprit-il. Remarquez bien qu'il ne s'est pas enfui n'importe où. C'est dans son village, auprès de sa famille qu'il a cherché refuge, parmi ces Bédouins dont on a pu constater tout à l'heure qu'ils s'opposent à la justice de notre pays, ces Bédouins qui prétendent rendre eux-mêmes la justice !

A ces mots, Maïouf eut l'impression que l'on versait de l'huile brûlante dans ses veines. Au silence qui se fit dans le public, il comprit qu'il n'était pas le seul que ces paroles avaient indigné. Le juge lui-même tenta de contenir les propos agressifs du procureur. Mais celui-ci, tout à ses effets de manches, ne s'aperçut de rien, il était lancé comme un cheval de course :

— Vous savez maintenant, poursuivait-il, que les Bédouins sont des êtres rusés, prêts à tout pour avoir raison.

Le juge, alors, se dressant à demi, fit un signe sans équivoque à l'homme au chapeau pour qu'il arrête ce qui risquait de devenir une véritable provocation vis-à-vis du public qui comptait de nombreux Bédouins.

"Rusés", avait dit cet avocat ? Maïouf sourit intérieurement. Mais son sourire était amer. Oui, les Bédouins étaient rusés. Mais leur avait-on laissé d'autres choix ? Sans la ruse, comment auraient-ils survécu aux pièges du désert ? La ruse, que la nature hostile leur avait inculquée, ils en avaient maintes fois usé avec leurs ennemis et, grâce à elle, ils avaient évité des effusions de sang inutiles. Oui, les Bédouins étaient rusés. Mais pouvait-on dire que son jeune oncle avait agi avec ruse en s'enfuyant ? Quelle dérision y avait-il à tout mélanger de la sorte !

Tandis que Maïouf remâchait son amertume, le procureur avait repris sa démonstration, haussant le ton pour rendre plus lyrique le mouvement final :

— Que cherchait l'accusé dans son village ? La réponse ne fait aucun doute : il cherchait une protection. Mais de quelle protection un innocent a-t-il besoin ? Et surtout, est-il innocent ? Une nouvelle pause, plus brève, puis, levant les bras au ciel : Répondez à ces questions, monsieur le président, et vous aurez jugé. La fuite, l'arme, le sang, tout accuse ce garçon. Et le sang du mort qui macule ses vêtements réclame justice !

Ayant achevé, il laissa retomber ses bras. Pendant un instant, un silence d'une étrange épaisseur pesa sur la salle. Puis le tumulte se déchaîna. Une moitié du public applaudit la plaidoirie tandis que l'autre moitié se levait et insultait le procureur. La tension était grande. Certains s'invectivaient, d'autres sortaient de la salle avec des gestes véhéments. Maïouf en profita pour chercher des yeux quelques personnes de sa connaissance. Il vit, çà et là, des gens du village. Mais ni la grand-mère, ni la tante. Enfin, il ne regarda plus que son jeune oncle.

Celui-ci était prostré, ses mains, croisées sur la table, jouxtaient celles des policiers auxquelles elles étaient attachées. Il paraissait accablé, le visage d'une pâleur inquiétante. Tout d'un coupable pris sur le fait. Maïouf sentit à nouveau l'inquiétude l'envahir. Le souvenir du sourire de Fadia l'avait chassée pour un temps, l'image de son seul ami, impuissant, la ravivait. Que pouvait-il faire ? Il s'écarta du mur pour attirer l'attention du jeune homme dont le regard atone errait sur le public sans jamais se fixer. Quand le regard du jeune oncle croisa celui de Maïouf, il s'y accrocha, plein d'un espoir avide, comme un animal épuisé rencontre un point d'eau après une tempête de sable. Un espoir qui fit mal à Maïouf. Au moins put-il constater que le jeune homme avait redressé ses épaules et trouvé la force d'esquisser un sourire fatigué. Plein d'un sentiment de désespoir, Maïouf s'appuya à nouveau contre le mur.

Le juge s'était retiré pour délibérer. Comme le temps s'éternisait et qu'il commençait à éprouver de l'inquiétude, Maïouf décida de faire quelques pas. Mais il ne sortirait pas cette fois. Il retrouva la fraîcheur relative du couloir qu'il commença à arpenter de long en large.

Quand le juge entra, tous ceux qui erraient dans le couloir regagnèrent leur place. Maïouf pénétra à son tour dans la salle. Le juge, tout en grommelant, s'assit, donnant l'ordre aux avocats de faire de même. L'oncle, le visage livide, la bouche ouverte sans décence, fixait l'homme dont son avenir dépendait. Il s'était légèrement soulevé de sa chaise, comme s'il redoutait un cataclysme. Maïouf se sentit oppressé.

Le juge ouvrit la bouche :

— Vous avez dit ce que vous aviez à dire. Maintenant je vais rendre la sentence : l'accusé est déclaré coupable. Il est condamné à vingt ans de réclusion.

Maïouf eut l'impression qu'on lui broyait la gorge. Il sentit les larmes affluer à ses yeux. Il se précipita dehors, dans le couloir, dans le hall, au bas des marches de ce bâtiment qui l'avait tellement fasciné mais qui, à présent, lui faisait honte. Il lui fallut un long moment pour se maîtriser, plus long même qu'il n'avait pu l'imaginer, car lorsqu'il reprit ses esprits, il était entouré par les mêmes gens qui avaient assisté au procès de son jeune oncle et qui, à présent, quittaient le palais. L'un d'eux passa si près de lui qu'il put entendre ce qu'il disait à son compagnon :

— Le juge exagère. Il sait bien que ce pauvre bougre n'a pas les moyens de payer la police pour qu'on fasse des témoignages en sa faveur.

Sans réfléchir Maïouf le tira vivement par la manche.

— Vous dites que le procès aurait pu être truqué par de faux témoignages ? C'est possible ?

L'homme éclata d'un rire mauvais en détaillant la djellaba de Maïouf.

— On voit que tu es un Bédouin ! dit-il. Tu ne dois pas souvent venir en ville ! Eh bien, oui, bien sûr, non seulement on peut truquer un procès mais parfois le juge est encore plus gourmand que la police ! Il suffit d'avoir de l'argent…

22

La vérité sur l'affaire, c'est le jeune oncle lui-même qui l'avait racontée à son ami d'enfance en lui faisant jurer de n'en jamais parler, il y allait de leur vie à tous deux.

"Un soir la future victime avait été intriguée par l'arrêt d'un moteur et par le hennissement d'un cheval de l'autre côté de la dune. A cet endroit, les collines se resserrent, emplies de creux et de cachettes. Il avait entrepris l'escalade de la dune et, avant d'atteindre le sommet, prudemment il s'était allongé et avait rampé jusqu'à la crête.

En contrebas, deux hommes armés retenaient un cheval apeuré par la bride. L'homme sur son dos, le gendarme le reconnut, c'était un de ceux qui se battaient pour la défense des droits des Bédouins sur cette terre que les nomades parcouraient depuis des millénaires et dont on voulait les chasser. C'était un homme volontaire, écouté, et qui commençait à regrouper autour de lui tous ceux qui n'avaient pas envie d'être entassés dans des cités de béton à la périphérie des villes. Un troisième homme au visage ravagé par une longue cicatrice à l'œil droit s'approcha du groupe et fit brutalement tomber le cavalier de son cheval. Le cavalier à terre, l'homme l'avait ajusté froidement avec un pistolet et avait tiré. Le gendarme, qui s'était aplati sur la dune pour observer la scène, s'était levé en hâte pour retourner au poste.

Il arrivait essoufflé vers la casemate lorsqu'une jeep le rattrapait qui le prit dans le faisceau de ses phares. Les trois occupants en descendirent, tenant en joue les deux gendarmes. L'homme à la cicatrice s'approcha du jeune oncle et lui prit son pistolet dans son étui. Puis il se tourna vers son collègue, lui demanda de s'agenouiller et l'abattit à bout portant. Le sang gicla, éclaboussant l'uniforme du gendarme. Le jeune oncle, croyant subir le même sort, se jeta à terre pour demander grâce. Les trois hommes riaient, se moquaient de lui, disant : «Voilà ce qui t'arrivera si tu racontes ce qu'on fait dans le désert et si tu ne dis pas que c'est toi qui as tué ton collègue !» Puis ils étaient remontés dans la jeep avant de disparaître dans la nuit, laissant le jeune gendarme effondré."

Le jeune oncle avait eu du mal à achever son récit. Il n'osait plus regarder en face son ami d'enfance. Il lui avait simplement demandé encore une fois de garder le secret absolu sur cette histoire.

Maïouf avait donné sa parole. Mais il s'était juré intérieurement qu'un jour il reviendrait et essaierait de faire quelque chose pour les siens.

23

La circulaire avait été affichée au ministère de l'Education nationale et dans les bureaux des académies des grandes villes. Mais aucun élève n'avait été prévenu personnellement. Maïouf, que la pensée de son jeune oncle venait sans cesse hanter, avait moins encore que les autres fait attention au panneau. Il avait passé les trois journées d'épreuves de fin d'études avec le même sérieux qu'il avait mis à travailler durant toutes ces années. Mais il n'était pas parvenu à éprouver une quelconque fierté en lisant, dans le journal, quelques jours plus tard, qu'il avait été reçu premier de sa région aux examens du baccalauréat.

Seule la présence de Fadia lui était de quelque réconfort. Depuis leur première rencontre devant la maison, leurs rapports avaient évolué. Ils se voyaient maintenant, souvent, pour se promener au hasard des rues, le soir, de retour de l'école, et dès qu'il y avait un jour férié. Ils se retrouvaient pour faire de petites emplettes au bazar, passant des heures à regarder les étals, et à imaginer ce qu'ils pourraient acheter le jour où ils gagneraient de l'argent. Ils se voyaient encore pour s'asseoir à l'ombre d'un arbre, dans un parc, et parler ; c'est surtout Maïouf qui parlait, qui racontait son désert. Et petit à petit, sans qu'il y prenne garde, Fadia avait commencé d'emplir tout son horizon. Elle était devenue le centre de son monde, au point qu'une journée passée sans elle lui paraissait étrangement vide.

C'est Fadia, justement, qui lui apprit la nouvelle lorsqu'un soir, comme ils se retrouvaient, elle lui dit avec une nuance de reproche :

— Pourquoi ne m'as-tu pas dit que tu allais à Damas ?

Il l'avait regardée d'un air si surpris qu'elle n'avait pu s'empêcher de rire.

— Tu n'es pas au courant ? Tu as bien terminé en tête des candidats de l'académie ?

— Oui, répondit-il sans comprendre.

— On raconte que ceux qui ont été reçus en tête de chaque académie du pays ont été invités par le ministre, à Damas.

— Tu te moques de moi ?

En prononçant ces mots Maïouf n'avait eu aucune intention blessante. Il ne croyait tout simplement pas que ce puisse être vrai. Damas lui était toujours paru inaccessible, et de s'y trouver invité par un ministre, lui le petit Badawi venu du désert, était proprement inimaginable. Mais une ombre de tristesse passa sous les mèches brunes de Fadia, et ses yeux, toujours si lumineux, semblèrent se ternir. Lorsque Maïouf s'en aperçut il regretta sa brusquerie et se hâta d'ajouter :

— Et ce serait pour quand ?

— Dans quinze jours, si je ne dis pas de sottises.

Damas ! se répéta Maïouf en son for intérieur. Que pouvait bien vouloir le ministre ? Sans doute une réception officielle. Une remise de diplôme, quelque chose dans ce goût-là. Et faudrait-il faire un discours ? Maïouf redoutait plus que tout cette perspective. Il n'avait pas le cœur à faire des courbettes devant un quelconque haut fonctionnaire, surtout pas ces derniers temps. Néanmoins il n'était jamais allé à Damas. Et aurait-il une nouvelle occasion, lui, un Bédouin, de s'y rendre ? Il n'était pas même sûr de pouvoir dépasser Raqqah. S'il avait projeté de s'inscrire à l'université d'Alep, il faut bien avouer qu'il n'avait jamais vu de cette ville que des photographies. Alors Damas !

La main de Fadia était fraîche quand elle saisit la sienne en l'accompagnant à l'autocar. Maïouf s'était renseigné : ils seraient douze, des douze académies que comptait la Syrie, à la réception. Quant au ministre de l'Education, c'était un militaire dont il avait entraperçu le portrait sans jamais y prêter grande attention. Il y avait peu de chances pour qu'il le reconnaisse.

Le voyage fut long. Maïouf s'était promis de jouir du paysage, de n'en rien perdre, mais la chaleur, le bruit du moteur, le tangage, les soubresauts, tout cela avait eu raison de lui et il s'était assoupi. Parti de Raqqah en milieu d'après-midi, ils avaient roulé toute la nuit, ne s'arrêtant que pour de courtes haltes, le temps de faire le plein et l'occasion pour les passagers de se dégourdir les jambes ou de boire un verre de thé brûlant.

Quand Maïouf s'était éveillé, l'aube pointait. L'autocar roulait sur une large route à double voie, déjà encombrée par la circulation. Dans la lumière naissante du jour, Maïouf n'avait aperçu que d'immenses chantiers, entre des immeubles sales et des rangées de maisons basses, tristes, grimpant en files serrées sur le flanc de la falaise qui surplombait la ville. Par la vitre avant, malgré l'opacité du pare-soleil et les bandes de couleur qui décoraient le pare-brise, il avait pu voir planer sur la ville un nuage terne dans lequel l'horizon s'engluait à mesure que l'autocar descendait des hauteurs vers Damas.

24

Lorsqu'ils pénétrèrent dans les faubourgs, Maïouf sentit la déception l'envahir. Etait-ce cela, la capitale, le tombeau de Salah al-Din, le Saladin de la légende ? Tout semblait gris dans la lumière sale du jour, même les arbres plantés en grappes qui bordaient la route. La grande mosquée des Omeyyades, avec ses minarets élancés et sa coupole rosissant lentement au soleil levant, ne parvint pas à le tirer de son désenchantement. Fatigué, courbatu, la gorge sèche, il regardait défiler les immeubles. La circulation se faisait plus dense comme ils approchaient du centre, la foule encombrait les trottoirs, et il se prit à regretter le désert.

L'autocar s'immobilisa enfin. En jetant un œil à l'horloge de la gare routière, Maïouf se rendit compte qu'il disposait d'une heure pour rejoindre le bâtiment du ministère. Il profita du chemin pour observer de plus près les gens dans la rue. Ce qui le frappa plus que tout, dans cette ville étrange, ce fut les femmes. Nombreuses étaient celles qui ne portaient pas de foulard, et aucune ne se gênait pour répondre aux inconnus. Il en croisait aussi qui circulaient en groupes, se bousculant, jacassant ou riant bruyamment. Leurs tenues frôlaient l'indécence : elles portaient leurs chemisiers ouverts, des jupes courtes et de hauts talons. Il pensa à Fadia, à sa réserve et à sa pudeur, à la petite rue ombragée et intime où ils se retrouvaient.

Dans la salle du ministère où on le conduisit après qu'il se fut présenté, les autres diplômés attendaient déjà. Les dix garçons portaient, tous, veste et pantalon, et la seule jeune fille présente était elle aussi vêtue à l'européenne. Maïouf seul était en djellaba. Au moment d'entrer, il entendit l'homme qui l'avait accompagné lui faire remarquer :

— Avec ton accent et ta tenue, tu ne peux pas cacher que tu es un Bédouin. Puis d'une voix sèche et sans le moindre sourire, l'homme ajouta : J'espère que tu ne t'es pas habillé de la sorte par simple provocation.

L'attente fut interminable. Maïouf supportait sans mot dire les allusions moqueuses qui se faisaient dans son dos, puis on vint les chercher. On leur fit prendre un dédale de couloirs, monter des escaliers à plusieurs reprises. Maïouf se sentit désorienté au point qu'il ne savait plus s'il se trouvait toujours dans le même bâtiment. Le petit groupe des bacheliers déboucha dans une salle éclairée par de grandes baies vitrées qu'on avait laissées entrouvertes. Sur un des côtés de la pièce, une longue table recouverte d'une nappe blanche était dressée et s'égayait, à intervalles réguliers, de bouquets de fleurs. Maïouf n'en avait encore jamais vu de semblables. De lourdes corolles d'or se mêlaient à des tiges auréolées de minuscules pétales bleus, une poignée d'étoiles blanches surmontaient de petits buissons d'un rouge écarlate. Mais surtout, resplendissantes comme des joyaux, se dressaient de grandes carafes d'eau claire qu'on aurait dit tout droit sorties des contes.

Il était tout à son émotion d'homme du désert face à ces carafes lorsque les hurlements d'une sirène, au-dehors, le firent sursauter. Des hommes armés de pistolets-mitrailleurs surgirent dans la pièce pour se placer de part et d'autre de la grande porte d'entrée, au fond de la salle. Un silence glacé suivit leur apparition. Dans le couloir on entendit une porte claquer et des ordres que lançaient des voix gutturales : les officiels arrivaient. Maïouf se figea malgré lui.

Le ministre passa la porte. Petit, grassouillet, il portait un costume clair qui lui donnait des airs de voyageur et arborait de grosses lunettes noires. Il n'avait rien de martial. Légèrement en retrait, deux individus plus grands, portant eux aussi des lunettes noires, jetaient des regards d'aigle dans tous les sens. Dans le sillage des trois hommes, une dizaine de photographes, probablement attachés à tous les déplacements du ministre, le mitraillaient sans discontinuer. Avant de monter sur la petite estrade qu'on lui avait préparée, le ministre demanda à ce qu'on lui présente personnellement les bacheliers. Il serra la main de chacun d'entre eux, Maïouf sentit la main officielle se glisser dans la sienne ; le ministre finit par serrer, avec un peu plus d'insistance peut-être, celle de la jeune fille. Puis il monta les deux petites marches de l'estrade et se lança dans un long, très long discours.

C'était un discours électoral, bien plus fait pour la presse que pour de jeunes bacheliers – même si ces derniers s'efforçaient d'être attentifs –, dans lequel il était question de géopolitique, des relations entre la Syrie et les autres nations, de l'avenir du pays, et de l'espérance que le pays mettait dans sa jeunesse et dans l'intelligence de ses futurs cadres. Le discours achevé, il y eut des applaudissements, un crépitement de flashes, puis tout le monde fut convié à se rendre auprès du buffet.

Personne ne prêtait attention à Maïouf. Celui-ci n'osait pas manger, malgré sa faim. Ou plus exactement manger, dans de telles conditions, était bien la dernière chose qui lui vînt à l'esprit. Les journalistes et les officiels, que les nouveaux bacheliers ne semblaient guère intéresser, avaient, quant à eux, pris la table d'assaut et laissaient peu de chances aux jeunes gens hésitants. Maïouf, ankylosé par sa propre gêne, cherchait la place la plus discrète qui soit lorsqu'une voix glissa à son oreille :

— Que feriez-vous, mon garçon, si l'on vous proposait une bourse d'études pour l'étranger ?

Le ministre se tenait à ses côtés et le regardait bien en face. Sans réfléchir, Maïouf inventa une réponse :

— J'aimerais aller en Allemagne étudier l'agronomie.

Le ministre eut un mouvement de surprise.

— Pourquoi l'agronomie ? Notre pays a ce qu'il faut dans ce domaine, et ce n'est pas, me semble-t-il, le problème principal de votre région.

— Cela pourrait le devenir.

Lorsqu'il vit le visage du ministre se rembrunir, Maïouf se demanda si sa réponse n'avait pas été imprudente. Mais il n'eut pas le temps de la corriger. Le ministre s'était déjà tourné vers la jeune bachelière qui semblait le captiver plus que l'avenir de Maïouf tout entier.

25

Il était revenu à Raqqah depuis une dizaine de jours quand une lettre officielle arriva, adressée à son nom. L'ordre lui était donné de se présenter, dans les trois jours, au ministère de l'Education, à Damas. Il y recevrait une bourse d'études de pétrochimie, en France.

Ce fut comme si la foudre lui était tombée sur le crâne. Pas une seconde il n'avait imaginé que la réception ministérielle déboucherait sur quelque chose de concret. Il se souvint de la réponse qu'il avait fournie au ministre : l'agronomie, l'Allemagne. Ses désirs n'avaient guère eu de poids ! Mais dans le fond, heureusement qu'on ne l'avait pas écouté. La France, il avait appris à l'aimer, sans jamais vraiment savoir pourquoi, à travers ses cours d'histoire. La pétrochimie ? Pourquoi pas. Ce n'était pas l'enseignement. Mais l'enseignement, il n'y avait songé que parce qu'il n'avait pas d'autres idées. Il avait réussi son baccalauréat. Il voulait continuer. Partir à Alep nécessitait de l'argent, et de l'argent, il n'en avait pas. A présent, voilà qu'on lui proposait une bourse, partir à l'étranger !

En d'autres termes, cela signifiait l'exil. Mais qu'est-ce qui pouvait le retenir ici ? Le père, la grand-mère ? Ils ignoraient même qu'il avait réussi ses examens. Il avait croisé l'un de ses demi-frères, et ne l'avait pas salué. Il les avait déjà tous quittés, tous sans exception. La seule personne qui lui restait, c'était Fadia. Il ne s'en était pas aperçu immédiatement. Tant qu'il avait imaginé poursuivre ses études à Alep ou dans la région, il s'était laissé aller à sa relation avec elle sans trop songer à ce qu'elle représentait pour lui. Mais à présent qu'il était sur le point de partir, il réalisait à quel point Fadia lui importait, et combien, en revanche, le reste lui était indifférent.

Il avait fini par s'avouer qu'il était amoureux d'elle sans avoir jamais eu le courage de le lui déclarer. Au fond de lui, il redoutait qu'elle ne le considère que comme un simple ami, qu'elle ne partage pas ses sentiments. Devait-il prendre le risque de perdre à jamais la seule personne qui lui était proche en lui révélant brusquement ce qu'il éprouvait ? Et de délai en délai, d'hésitation en crainte, il avait fini par ne plus guère savoir quels étaient leurs véritables liens. C'était pourtant à elle et à elle seule qu'il pensait en cet instant.

Maïouf flâna dans la ville le reste de l'après-midi en attendant l'heure où il pourrait retrouver Fadia. Il poussa même jusqu'aux ruines massives des remparts d'Al-Mansour, s'arrêta quelque temps à l'ombre de la grande porte ouverte sur la route de Bagdad. On disait que sous cette arche était passé le grand calife Haroun al-Rachid, lorsqu'il était venu en villégiature à Raqqah. En contemplant les colonnettes et les niches du mur, il essaya d'imaginer l'avenir, la France, l'Occident. Mais devant lui s'étirait le désert seul.

Quand Fadia apparut en haut de la rue où elle habitait, il bondit sur ses pieds. Il l'attendait depuis un bon moment déjà. Elle sourit en le voyant.

— Tu ne fais plus semblant de me rencontrer par hasard. Tu veux me compromettre !

Son regard était ensoleillé. Maïouf l'attira un peu à l'écart et, sans un mot, mais avec fébrilité, il sortit la lettre et la lui tendit. Quand Fadia l'eut parcourue, au lieu de la joie que Maïouf escomptait, c'est une ombre qui couvrit le beau visage clair de la jeune fille.

— Tu vas accepter ?

Maïouf, qui n'en avait jusque-là jamais douté, sentit soudain l'anxiété lui serrer le cœur. Il ne sut que bredouiller :

— Oui. Bien sûr... Enfin... Tu comprends ?

Reculant d'un pas, Fadia le toisa.

— Nous ne nous reverrons plus alors ?

Que lui répondre ? Maïouf esquissa un geste pour se rapprocher, mais elle eut un mouvement de recul qui retint son élan.

— Si, bien sûr, finit-il par articuler, nous nous reverrons. Je reviendrai pour les vacances...

Fadia se taisait. Son sourire, qui n'avait pas déserté son visage, était tout à coup vide. Maïouf, qui avait cru un instant qu'elle partagerait son excitation, ou du moins qu'elle pourrait la comprendre, était désemparé.

Devant ce visage défait, plus que jamais conscient qu'il allait partir, Maïouf eut soudain l'intuition que le moment était venu d'avouer ses sentiments. S'il ne le faisait pas à l'instant, il n'aurait jamais plus l'occasion de le faire. Il le fallait, quitte à passer pour un idiot. Mais l'angoisse qu'il pouvait lire dans l'attitude de Fadia lui disait en quelque sorte qu'il ne passerait pas pour un idiot. Alors, baissant la tête, il jeta dans un souffle :

— Je reviendrai pour une autre raison... Je reviendrai parce que... je t'aime.

Fadia se redressa brusquement.

— Enfin, dit-elle.

Le sourire figé avait disparu, ses yeux s'étaient agrandis. Et elle ajouta, d'une voix claire, parfaitement audible, en regardant Maïouf plus intensément qu'elle ne l'avait jamais fait :

— Je t'attendrai, alors, parce que, moi aussi, je t'aime.

Comme elle prononçait ces paroles, une lueur singulière illumina son visage, lueur que Maïouf ne lui avait jamais vue, solennelle et tendre. D'un geste vif elle lui tendit la lettre et, comme à leur première rencontre, elle disparut dans l'entrée sans lui laisser le temps de réagir.

Le jour suivant, Maïouf et Fadia se retrouvèrent sur la route de Deir ez-Zor. La nuit allait bientôt tomber et la fraîcheur s'annonçait. Il y avait une piste entre deux villages et ils partirent vers le désert. La piste était cahoteuse, marquée d'ornières creusées par les roues des charrettes, le cheminement des troupeaux, les pluies violentes. Elle débouchait sur un plateau de pierres, et en quelques minutes on était passé des berges cultivées de l'Euphrate à l'immensité des collines et des dunes. De part et d'autre de la piste, quelques tumulus fatigués montraient leurs flancs rongés de trous obscurs. Ces anciennes tombes étaient vides depuis longtemps. Sous un surplomb, ils découvrirent une source. Ils descendirent pour regarder l'eau vivre à leurs pieds. Fadia se mit à parler et elle raconta que l'eau de la source doit se battre pour exister, contre le sable et les pierres qui la repoussent vers la terre, contre le soleil.

— Pourtant, elle est claire, elle ne montre rien, elle renvoie ses rayons au soleil et laisse voir les pierres à travers elle. Mais le soleil et les pierres ne cessent de l'attaquer, l'empêcher de vivre, alors elle continue à se battre et elle gagne. Depuis que des hommes existent pour la voir, cette eau a toujours été bonne à boire.

En regardant autour de lui, Maïouf remarqua d'étranges pousses dispersées, comme de minuscules herbes veloutées. Il se pencha pour en ramasser une. Elle avait une odeur de thym poivré mêlé de sauge, âcre et suave à la fois. Fadia le remarqua :

— Cette herbe est rare, elle ne pousse pas souvent, tu as la chance avec toi. Elle soigne tous les maux de l'homme, ceux de la tête et ceux du ventre, elle donne aussi le sommeil quand la lune est ronde et qu'elle empêche de dormir.

Un mince croissant de lune perça soudain les marbrures des rouges, la nuit était tombée rapidement.

Sur le chemin du retour, ils osèrent à peine se parler, comme si l'aveu de la veille avait été trop lourd pour eux. Ils marchèrent, côte à côte, en silence.

26

L'autocar devait partir. Le chauffeur, impatient, appelait un jeune homme qui refusait de monter. Bien sûr, celui-ci attendait quelqu'un. Mais tout le monde attend quelqu'un, et il faut tenir l'horaire.

— Encore un instant, s'il vous plaît...

Il l'aperçut. Elle portait une jupe claire et courait. Quand elle le vit, elle ralentit, et c'est en marchant qu'elle le rejoignit. Lorsqu'ils furent tout proches, elle plongea sa main dans son sac et en sortit un petit paquet.

— Je t'ai rapporté le livre que tu m'avais prêté. Je crois que tu ne l'as pas fini.

Maïouf le prit, et bredouilla :

— Moi... moi aussi, je te rapporterai un cadeau.

Debout, se faisant face, ils ne savaient que dire. Ils se regardaient, sans oser esquisser le moindre geste.

— Alors, ça vient ! cria tout à coup le conducteur. Tu la reverras, ta fiancée !

Fadia hésita, puis, vive et légère, se pencha et déposa un baiser sur la joue de Maïouf.

Ebloui, heureux, celui-ci se rendit à peine compte que le conducteur excédé venait de l'empoigner par les épaules et de le faire entrer de force dans l'autocar. C'est lorsqu'il entendit le moteur et sentit les vibrations qui secouaient l'engin qu'il comprit. Il se précipita vers la vitre arrière. L'autocar commençait déjà à s'éloigner. La silhouette de Fadia se fondit lentement dans la foule.

27

“La France est un pays gris, Fadia. Quand je suis arrivé à Paris, le ciel était bas. On aurait pu le toucher. Il faisait trop froid pour sortir.

C’est un pays où les pauvres sont tristes aussi. Partout les pauvres sont tristes. Je sais. Mais on dirait qu’ici, ils le sont plus qu’ailleurs – que chez nous, je veux dire. Comme s’ils avaient perdu leur dignité. C’est la première chose qui m’a frappé. Après avoir passé le guichet des passeports, j’ai failli me cogner à un groupe de misérables avachis par terre. Des hommes et une femme, mélangés, vautrés dans des odeurs d’urine ! Des mendiants. L’un d’eux avait un chien. Et c’est le chien qui semblait le plus humain de tous ! Les voyageurs, les employés, les policiers, tout le monde les évitait, tout le monde les dépassait comme s’ils n’existaient pas. Je les ai regardés, longtemps. Ils ont fini par me hurler dessus, en gesticulant, des choses que je n’ai pas comprises. Des insultes, probablement. Parce que je les regardais. Moi je cherchais les jardins, la lumière dorée et douce dans les fleurs, et je voyais ce tas de miséreux dans un grand hall vide, brillant, poncé, récuré, comme des fantômes traînant leur détresse sur le sol de marbre d'un palais.

Je ne suis pas resté à Paris. Je l'ai vu par le hublot de l'avion. C'était un nuage gris. C'est tout. Le brouillard de Flaubert. On m'a envoyé dans une ville non loin de la mer, Montpellier. Là aussi il pleut. On m'a assuré que c'était une ville de soleil. Mais le soleil de Raqqah doit être fatigué lorsqu'il arrive ici. Les rues sont étroites, les maisons basses, jaunes avec des toits de tuiles rouges. Sans les voitures qui rongent tout, je pourrais, peut-être, évoquer Raqqah. Peut-être.

Sais-tu, les gens, dans cette ville, s'embrassent dans la rue ! Ils font du bruit, sont extravagants dans leurs vêtements et dans leurs manières. Les garçons comme les filles, d'ailleurs. Au début, je me suis retenu pour ne pas les dévisager. J'ai pensé aux mendiants, à leur réaction. Mais ici, personne ne fait attention aux autres. J'ai appris à ne pas m'étonner. Je t'ai raconté Damas. Eh bien, en France, les mœurs sont bien plus évoluées ! Mais les gens n'ont pas l'air malheureux. J'habite un hôtel pour les étudiants, une «cité universitaire». C'est un grand immeuble beige, comme on en voit dans la banlieue d'Alep. Mais à Montpellier, les bâtiments sont propres.

Le gouvernement avait annoncé mon arrivée. Il y avait une chambre pour moi. Une chambre pour moi seul ! Peux-tu imaginer ? Ma chambre est à l'étage. Fadia, c'est la première fois que je loge si haut. On se croirait dans un minaret ou perché sur le sommet d'un rempart. Les fenêtres donnent sur un parc. Ce sera beau quand il y aura du soleil. Parfois, une odeur de résine envahit ma chambre. Elle vient des arbres. D'autres fois, c'est une odeur de sel. On m'a affirmé que c'était la mer. Mais je n'ai pas encore vu la mer. Et puis, tu le croiras ou non, il y a l'eau courante dans ma chambre, et même une douche. Les premiers jours j'ouvrais le robinet pour le plaisir de voir l'eau couler. C'est fini, à présent. Mais je me douche tous les soirs. J'ai honte. Un peu. Pas trop quand même. Ce pays ne connaît pas la soif. On trouve de l'eau partout.

J'ai rencontré des Syriens parmi les étudiants. Pas des Bédouins. Mais loin du pays cela n'a aucune importance. Nous sommes tous en exil. Que veut dire Badawi, en France ? Qui le comprend ? J'en ai fait des amis. Ils m'aident. Ils m'apprennent les coutumes locales, l'organisation de la cité. Ils me donnent des conseils, et même, parfois, de quoi manger. Bientôt je recevrai ma bourse. Je pourrai être indépendant. A mon tour, je leur rendrai service.

Je suis inscrit à la faculté de physique et de chimie. C'est bien plus difficile que je ne le pensais. J'ai du mal à suivre les cours en français. Je suis obligé de travailler au laboratoire de langues pour apprendre. Nous n'avions pas fait beaucoup de chimie au lycée. Tout est à reprendre. Mais le plus délicat, c'est que certains de mes professeurs sont des femmes. Oh, je sais, je sais, toi aussi tu veux enseigner. Mais enfin, jamais une femme ne m'a dit ce que je devais faire. Récemment, l'une d'elles m'a ordonné de me taire. Je me suis levé et je suis sorti. J'ai dû m'excuser. Cela aussi je dois l'apprendre.

Si je te donne tous ces détails, c'est pour que tu comprennes à quel point je me sens seul. Parfois, le soir, devant mes cahiers, je suis triste. Je pense à Raqqah, à ses ruelles. Je pense au désert. Je pense à toi. A ta robe jaune. Les gens, ici, n'aiment pas les Syriens. Les Syriens, les Arabes en général, sont tous des Bédouins pour les Français. A Raqqah, j'étais fier d'être bédouin. Ici, je ne sais pas. Mais je ne faiblirai pas. J'irai jusqu'au bout, même si je dois travailler deux fois plus que les autres. Je ne me laisserai pas abattre, même si je dois obéir à une femme. J'aurai mon diplôme. Il n'est pas question que je gâche toutes ces années."

Ce que Maïouf ne racontait pas dans sa lettre, c'est comment il avait changé son nom au moment de s'inscrire sur les registres de l'université. Au lieu de Maïouf, "l'abandonné", il avait écrit Qaher : "le victorieux".

28

Les vacances universitaires étaient enfin arrivées. Qaher, son diplôme obtenu, avait décidé d'en profiter pour revenir au pays. Cela faisait à présent plus de quatre ans qu'il en était absent. Les premiers temps, il avait éprouvé de la nostalgie, mais il n'avait pas l'argent nécessaire pour s'acheter un billet. Il avait donc travaillé. Des petits boulots d'été. Rien ne l'avait rebuté, qu'il se soit agi de laver la vaisselle dans un restaurant de Palavas-les-Flots, ou de vendanger, à s'en briser les reins, le raisin, dans l'arrière-pays. Puis il avait donné des cours particuliers de mathématiques, comme le font tant d'étudiants, si bien qu'il avait réussi à économiser suffisamment.

En embarquant, il avait choisi un siège côté fenêtre, pour observer le paysage. Ainsi avait-il pu voir défiler, en contrebas, minuscule, la chaîne montagneuse des Alpes, le relief tourmenté des Balkans, la Grèce, le grand plateau d'Anatolie avec ses immenses étendues beiges qui ressemblaient tant au désert vu du ciel alors qu'il ne s'agissait que de champs de blé. Puis, à travers la masse nuageuse, il avait pu entrevoir les contreforts du Liban avant que l'avion ne débouche au-dessus de la Syrie. Là, il s'était penché et avait scruté, avec une certaine angoisse, le panorama qui s'étalait sous ses yeux. Peut-être, se demandait-il, survoleraient-ils sa région ? Mais il n'avait pu découvrir aucun fleuve qui lui eût servi de repère. Le désert cédant la place aux zones urbaines, ils avaient atterri à Damas.

En y songeant, assis dans un bus qui ne tarderait pas à arriver à Alep, Qaher se dit qu'à sa descente d'avion, dès ses premiers pas dans l'aéroport, il avait ressenti un sentiment singulier. C'était comme si toutes ses années passées dans ce pays, *son* pays, avaient été effacées par son séjour en France. Il est vrai qu'il avait grandi, qu'il avait mûri surtout. Mais là n'était pas l'unique raison. En France, il avait acquis, en quelque sorte, les manières d'être et de penser des Occidentaux, et de retour sur sa terre, c'est elles qui lui parlaient à l'oreille, lui murmuraient qu'il y était étranger. Il pensait à tous les immigrés qu'il avait rencontrés en France, aux illusions qu'ils avaient pu entretenir, à leurs rêves aussi. Il n'en connaissait pourtant pas beaucoup qui avaient envie de revenir dans leur pays d'origine.

C'était aussi son cas. La Syrie lui tenait à cœur, mais comme un souvenir d'enfance, comme un lien qu'il ne parvenait pas à briser tout à fait…

Avec une hâte qui ressemblait beaucoup à une fuite, il s'était engouffré dans un taxi et s'était rendu directement à la gare routière. Là, il avait pris le bus qui le conduirait à Alep où l'attendait Fadia.

Fadia. Au début, il lui avait écrit régulièrement, toujours saisi par sa passion, par le souvenir de leur baiser. Puis le rythme de leur correspondance s'était ralenti, le souvenir s'était éloigné, il avait pâli devant le monde nouveau qu'il découvrait. Sa dernière lettre devait dater d'au moins trois mois, et à présent, il ne savait plus que penser. Bien sûr il était revenu pour elle plus que pour sa famille, pour la promesse qu'il lui avait faite un jour. Mais cet amour, dont les lettres de Fadia étaient toujours pleines, il le regardait désormais comme un flirt d'adolescent, et à l'idée de la revoir, il se sentait embarrassé. Il n'était pas sûr qu'il n'ait pas poussé de plus profondes racines.

Le bus quitta la nationale pour s'engager dans les faubourgs d'Alep. Qaher se redressa sur son siège, considéra la tenue européenne qu'il portait. Elle était un peu fatiguée à cause du voyage, mais elle le distinguait nettement des autres voyageurs. Il était loin le temps de la djellaba déchirée !

Et pourtant, malgré ces attributs qu'il arborait fièrement, le sentiment de revenir différent dans ce pays qui l'avait si souvent humilié et malmené, il gardait l'impression d'être écartelé entre sa culture d'origine et sa culture d'adoption. Il aurait voulu les garder ensemble, mais il ne réussissait pas à faire la jonction, il avait l'impression d'être spectateur de ses gestes comme s'il arrivait de nulle part, sans référence qui tienne, il était redevenu Maïouf, l'abandonné…

Fadia l'attendait. Comme le bus pénétrait sur le vaste parking de la gare, il l'aperçut, immobile. Elle se tenait, droite sur le trottoir, au milieu de la foule, vêtue d'une robe stricte, un peu sombre dans la lumière crue, et portait un voile qui lui couvrait la tête. Il ne la trouva guère changée depuis Raqqah. Elle était toujours aussi jolie. Pourtant, après que le bus se fut arrêté et qu'il eut ouvert ses portes, au lieu de se précipiter, il attendit que tous les voyageurs soient sortis pour s'engager à son tour dans l'allée centrale. Lorsque Fadia le vit enfin, elle s'avança vers lui quelque peu hésitante. Posant le pied à terre, il lui fit un grand signe de la main, indiqua qu'il devait récupérer sa valise, et se rendit à l'arrière du bus. Il cherchait à se donner une contenance, faire quelque chose qui lui épargnerait, quelque temps encore, la cérémonie des retrouvailles.

Fadia se fraya un chemin parmi les gens qui se pressaient autour du bus, et se retrouva auprès de lui au moment où le conducteur lui tendait son sac.

— Bonjour Maïouf, lui murmura-t-elle.

— Bonjour, répondit-il en se débattant avec son bagage. Excuse-moi, ajouta-t-il sans la regarder, je règle d'abord ça et je suis tout à toi.

Fadia s'écarta.

Lorsque finalement il la rejoignit, il arborait un large sourire.

— Fadia, je suis un peu gêné, commença-t-il précipitamment, je pensais avoir plus de temps, mais je dois retourner en France dans quelques jours, et je dois aussi voir ma famille entre-temps, enfin… Je suis obligé de partir ce soir pour Raqqah. Voilà. Mais nous avons tout l'après-midi, et tu sais, j'aimerais que tu me fasses découvrir la citadelle. Je ne l'ai jamais visitée. C'est l'occasion ou jamais. Et puis nous pourrions aller, ensuite, dans les souks, comme nous le faisions à Raqqah. Je laisse ma valise à la consigne et on y va. Tu veux bien ?

Il avait parlé d'un trait, sans lui laisser le temps de l'interrompre. Il savait bien qu'il mentait, qu'il aurait pu, s'il l'avait voulu, s'attarder plusieurs jours à Alep en sa compagnie. Mais il redoutait cette perspective. Aussi, en parlant vite, sans s'arrêter ni se laisser arrêter, il espérait rendre crédible son histoire et surtout prendre Fadia de court, l'obliger à accepter tout en bloc : la visite de la citadelle, la promenade dans les souks, aussi bien que son départ précipité le soir même.

Il y réussit. Incapable de penser, d'analyser l'attitude du jeune homme animé qui se dressait devant elle, et qu'elle redécouvrait après quatre années, impuissante à disséquer les paroles heurtées qu'elle venait d'entendre, Fadia ne trouva d'autre solution que d'acquiescer.

En montant vers la forteresse qui se trouvait sur la plus haute colline de la ville, et la dominait de sa masse, Qaher et Fadia échangèrent des nouvelles. Elle parla de ses études, annonça avec une certaine fierté qu'elle allait bientôt devenir institutrice ; mais c'est surtout lui qui raconta l'Occident, la France, l'université, ses projets.

La chaleur sèche de ce mois de juillet et la rude pente des rues qu'ils empruntaient avaient très vite épuisé leur conversation – il leur fallait économiser leur souffle. Ce silence forcé avait permis à Fadia de fouiller sa mémoire en quête d'une anecdote, d'une information sur l'édifice qu'ils visitaient. Enfin, au moment de franchir la passerelle qui conduisait sous l'immense porche d'entrée, elle se souvint d'un détail :

— On dit qu'Abraham se serait arrêté sur cette colline pour traire sa vache rousse et que c'est la raison pour laquelle on parle d'Alep la rousse.

Qaher, qui la devançait depuis quelque temps, se retourna pour se lancer dans un discours sur la religion, où se mêlèrent ses expériences syrienne et occidentale. Et c'est en évoquant ces questions générales qu'ils visitèrent les différentes salles de la forteresse, se glissant parmi les groupes de touristes, avec une curiosité toute différente cependant. Au moment de partir, néanmoins, Fadia résolut d'aller sur les remparts. La vue y est magnifique, argumenta-t-elle. Qaher ne put refuser.

Lorsqu'ils y arrivèrent, elle choisit un coin isolé où elle s'assit. Elle s'était, en effet, souvenue d'un autre détail dont elle s'était bien gardée de faire profiter Qaher : c'est que les remparts de la forteresse, propices à l'intimité, étaient connus pour être le rendez-vous des amoureux. Cela n'avait pas échappé à Qaher qui la rejoignit avec un sentiment de malaise.

Ils restèrent, ainsi, côte à côte, quelque temps sans parler ; chacun attendait que l'autre prenne l'initiative. Finalement, c'est Fadia qui céda. D'une toute petite voix, elle lui demanda quand il pensait revenir. Qaher s'était préparé à cette question. Il y répondit de manière allusive, laissant entendre, sans y insister, qu'il pourrait ne pas revenir immédiatement après ses études achevées, mais qu'il lui faudrait travailler en France si l'opportunité se présentait. Soit que Fadia n'ait pas voulu entendre, soit qu'elle n'ait pas envisagé comme possible que Maïouf, le Maïouf qu'elle avait connu, puisse travailler à l'étranger, elle éluda cette dernière hypothèse. Sous le soleil ardent dont aucune ombre ne les protégeait, devant la plaine infinie qui s'offrait à eux, elle se lança dans l'évocation de leur correspondance ; de ce qu'ils s'y étaient dit, de ce qu'ils s'y étaient promis. Mais au ton qu'elle employait, de plus en plus ferme, aux mots dont elle usait, Qaher eut la confirmation de ce qu'il craignait. Tandis qu'il avait le sentiment que son amour pour elle s'était lentement épuisé avec le temps et l'éloignement, il pressentait que celui qu'elle éprouvait pour lui avait grandi, qu'il s'était fortifié. Mais ce qu'il réalisa avant tout c'est à quel point lui était devenue étrangère l'idée de revenir en Syrie. Il découvrit alors, à sa grande surprise, que ce n'était pas Fadia, à proprement parler, qui s'était éloignée de son cœur, mais bien tout son passé et, avec lui, le pays qu'il avait sous les yeux, le désert dont il apercevait la lisière, au loin. Et tandis qu'elle continuait de rappeler le passé tout en faisant des projets d'avenir, il éprouva un malaise grandissant : l'impression confuse d'être un étranger chez lui.

Qaher fut soudain ramené à la réalité par les propos de Fadia. Elle était en train de lui parler de l'enfant qu'ils auraient ! Au début de leur correspondance, dans l'enthousiasme amoureux et la nostalgie très vive des premiers temps, il avait évoqué l'enfant qu'il désirait d'elle. Par la suite il n'avait jamais eu le courage de la détromper, et elle avait continué d'en parler comme de ce qui scellerait leur amour. Et à nouveau, voilà qu'elle en parlait. Qaher sauta sur ses pieds, incapable d'endurer plus longtemps cette situation équivoque et, sans même se rendre compte de sa muflerie, prononça, d'une voix blanche :

— Il se fait tard. Si on ne part pas maintenant, on ne pourra jamais visiter les souks.

Fadia, toujours assise, la bouche entrouverte, le regarda sans bouger. Qaher lui saisit alors le bras, la força à se lever, et l'entraîna derrière lui, en bredouillant des paroles sans suite.

Ils sortirent de la citadelle, dévalèrent la pente à grandes enjambées, Qaher parlait toujours de manière décousue, gesticulait, riait hors de propos, Fadia essayant désespérément de le retenir, de lui glisser un mot, de le ramener au sujet qui lui tenait à cœur, jusqu'en bas, jusqu'à ce qu'ils arrivent dans la vieille ville, jusqu'à ce qu'ils débouchent sur une place noircie par la foule.

— Nous y sommes ? demanda Qaher avec un air faussement innocent, c'est le souk ?

— Oui, murmura Fadia la tête baissée pour dissimuler sa déception, car elle avait compris qu'à partir de cet instant, il n'était plus question d'avoir de conversation intime.

D'ailleurs, Qaher était déjà reparti.

Il se hâta ainsi parmi le labyrinthe des ruelles dominées par des mosquées aux couleurs de sable frais, des galeries couvertes, traversant la foule à grands cris, bousculant les gens, prétextant qu'il n'aurait jamais le temps de tout voir. Parce que, tout à coup, il voulait parcourir tout le souk, traverser toutes les cours où coulaient ces fontaines rafraîchissantes que Fadia connaissait bien, auprès desquelles, ces dernières années, elle avait souvent rêvé la présence de Qaher ; il voulait visiter tous les caravansérails qui bordaient les souks. Et il allait de l'avant, comme un Européen pressé cherchant à accumuler le plus grand nombre d'images et d'impressions avant de repartir. Il se laissa même cirer les chaussures dont le voyage avait terni l'éclat.

Lorsque finalement la nuit tomba et que les échoppes fermèrent, ils s'aperçurent qu'ils n'avaient plus le temps de s'arrêter pour boire un thé ou pour manger un *mezzé* comme ils se l'étaient promis. Ils n'avaient que celui de rejoindre la gare routière.

Tandis que l'autocar manœuvrait pour se garer à son emplacement, au milieu des autres, Qaher eut le sentiment qu'il ne pouvait quitter Fadia sans lui dire un mot de réconfort. Elle se tenait à ses côtés, silencieuse, épuisée par l'après-midi de marche qu'ils avaient eu, attristée aussi, infiniment – il n'en doutait pas –, par son attitude distante, cette manière d'éluder les questions qu'il avait eue tout l'après-midi.

Au moment où les portes du bus s'ouvrirent, il se pencha alors vers elle et, lui déposant un baiser sur le front, lui murmura :

— Je vais revenir. Dans quelques jours. Je vais rendre visite aux miens, et je vais revenir. Je t'appellerai.

Fadia redressa la tête. Un grand sourire illumina son beau visage.

Les gens commencèrent à avancer, Qaher suivit le mouvement, s'écartant insensiblement de Fadia. Mais le sourire qu'il venait d'entrevoir lui réchauffait le cœur. Et c'est très naturellement que, lorsque le bus s'ébranla, il se tourna vers elle, restée sur le parking avec quelques autres personnes, pour lui envoyer un baiser à travers la vitre.

29

Oui, c'était décidé. Il passerait quelques jours, deux tout au plus, il verrait sa famille, puis il reviendrait à Alep, où il parlerait à Fadia. Ce qu'il lui dirait, à cet instant, dans ce bus, lui paraissait sans importance. Il se sentait un peu honteux de son attitude et il avait encore en lui le sourire de bonheur de la jeune fille quand il lui avait dit qu'il reviendrait ; un sourire qu'il pensait avoir oublié mais qui l'avait bouleversé. Et puis, se disait-il, durant son séjour dans sa famille, il réfléchirait au sens à donner à leur relation. Quand il la retrouverait, il aurait pris une décision.

Raqqah n'est pas très loin d'Alep. Le bus, qui poursuivait sa route plus au sud, jusqu'à Deir ez-Zor, ne mettrait que quelques petites heures pour rallier la ville de son adolescence. Qaher calcula qu'il serait à Raqqah vers les 11 heures du soir. Il s'imagina, un instant, cherchant une chambre d'hôtel, et cela lui rappela le jour où il y avait débarqué la première fois, en quête d'un logement pour y faire ses études. Ce souvenir le fit sourire. Tout compte fait, cependant, il décida de ne pas dormir à l'hôtel. Il passerait la nuit dans la salle d'attente de la gare routière, au milieu des Bédouins qui attendaient leur bus. Ce serait, se dit-il, une bonne manière de reprendre pied dans la réalité locale qui, pour l'instant, s'acharnait à le fuir.

Les phares du bus éclairèrent brusquement une vaste étendue d'eau sur sa gauche. Le lac Hafez al-Assad que traversait l'Euphrate. Qaher cessa de songer à lui et ouvrit de grands yeux. L'Euphrate, *son* fleuve !

Le bus longea les rives du lac pendant plusieurs kilomètres, jusqu'à ce qu'enfin parût, large et tumultueux à cet endroit, le fleuve qui sillonnait *son* désert. Des images lui revinrent pêle-mêle : les flaques de sable miroitantes sous la lumière de la lune qu'il pouvait voir en levant la tête, sa mère, sa tante, le désert, l'école… Il ferma les yeux et se laissa aller.

En se réveillant quelque peu courbatu sur le banc de bois où il avait passé la nuit, Qaher ne comprit pas immédiatement où il se trouvait. Il lui fallut quelques secondes pour que la mémoire lui revienne. Malgré lui, il grimaça. Il n'avait nulle envie de revoir la grand-mère, le père, la belle-mère et les autres. Mais il le fallait. Il ne pouvait pas l'éviter.

Le jour, dehors, s'était levé et, autour de lui, dans la salle d'attente ouverte à tous les vents, les gens allaient et venaient, certains s'interpellaient, d'autres se débattaient, qui avec une chèvre, qui avec une poule. Il remarqua même une vieille femme, assise en face de lui, à deux rangées de bancs, qui l'observait. La vie avait repris ses droits ; il devait bouger.

Empoignant son sac, il sortit. A l'extérieur, la chaleur et la lumière le saisirent. Il se protégea les yeux, et sans savoir vraiment ce qu'il allait faire de cette journée il décida de prendre un petit déjeuner. Un marchand ambulant avait déjà disposé sa charrette dans l'un des coins opposés de la place. Qaher eut tôt fait de le rejoindre. Il commanda un thé brûlant et deux ou trois petits gâteaux, qu'il dégusta, debout, tout en réfléchissant.

Il pouvait téléphoner au père, mais il y avait très peu de chances pour que celui-ci envoie le camion le chercher. Il pouvait se rendre sur la place du marché en espérant l'y rencontrer, mais il ne lui sembla pas que ce fût une bonne idée. Il avait gardé un très mauvais souvenir de leur dernière rencontre à cet endroit. Il avait encore la possibilité de prendre le bus, comme il l'avait fait si souvent. Mais aujourd'hui, il se sentait trop adulte, trop vieux pour tous les embarras que comportait ce trajet, voire pour remettre ses pas dans ceux de son enfance. Finalement, il opta pour un taxi.

Non loin de là, il savait pouvoir trouver une station de taxis. Il n'en avait jamais pris mais il avait souvent observé d'autres le faire. Depuis l'enfance, il était fasciné par ce mode de transport qui lui semblait inaccessible. Il traversa la place, déboucha sur une grande avenue qu'il remonta sur quelques dizaines de mètres, puis tourna à l'angle d'une rue pour enfin se retrouver face à un terrain de terre égalisée, où plusieurs automobiles attendaient. En les voyant, il hocha la tête. Toutes étaient de grosses voitures des années cinquante dont il n'avait pratiquement jamais rencontré l'équivalent en France, sinon dans les livres de souvenirs. Ici, elles faisaient la fierté de leurs propriétaires.

A son arrivée, les chauffeurs, qui déjeunaient sous un auvent de tôle, s'étaient levés comme un seul homme. Sans doute sa tenue européenne les avait-elle attirés. Mais lorsqu'il s'était avancé et qu'ils avaient reconnu en lui un Badawi, ils étaient devenus hésitants. Normalement, lorsqu'un client se présente, tous les conducteurs se précipitent vers lui, chacun cherchant à se l'accaparer. Mais là, ils s'interrogeaient. Et cela donna le temps à Qaher de choisir son véhicule : ce serait la Mercedes noire qui se trouvait en tête de la première rangée. Il se dirigea vers elle, d'un pas assuré, tout en tâtant sa poche pour vérifier s'il avait bien l'argent de la course.

Après avoir négocié le prix avec le chauffeur qui l'avait rejoint d'un pas nonchalant, il s'installa sur la banquette arrière. C'était une banquette de cuir grenat, craquelée de toute part, avec de forts relents de graisse d'entretien. La Mercedes démarra avec souplesse, quitta son parc et s'engagea sur l'avenue.

Qaher s'absorba dans la contemplation de ce paysage qu'il connaissait si bien, et qui pourtant lui paraissait tellement lointain. Raqqah défilait sous ses yeux dans ce qu'elle avait de plus glorieux. Et dire que cette ville lui était apparue comme une grande ville ! Il est vrai que lorsqu'on est enfant tout paraît énorme. Mais maintenant qu'il avait connu l'Occident, non seulement Raqqah ne lui semblait plus qu'un petit bourg de province, mais encore... Il chercha le mot : un mouroir. Oui, s'il devait revenir à Raqqah, ou même à Alep, il aurait l'impression de mourir, de s'étioler sur pied.

Au moment où cette idée lui traversait l'esprit le taxi sortait de Raqqah en passant sous les remparts. Devant le capot du véhicule, au-delà de rares constructions, s'étendait la ligne droite de la nationale, bordée jusqu'aux confins de l'horizon par le désert. Un petit vent s'était levé, et une fine poussière balayait la route.

De sa confortable banquette, à travers la vitre fumée, Qaher pouvait voir s'étendre des deux côtés de la route, à mesure que filait la voiture, une plaine inhospitalière, caillouteuse, où ne poussaient essentiellement que des buissons, une plaine légèrement vallonnée, avec, de-ci, de-là, des trous de sable dont il n'ignorait rien des dangers. Il s'attendait à ce que ses souvenirs refluent, à ce que le seuil du désert lui fasse un signe. Rien ne vint. Ou plutôt si : la seule chose que ce paysage désolé évoqua en lui fut le procès de son oncle. Pourquoi cette seule image ? Pourquoi elle et pas les tentes, les maisons, les gens ? Il n'en savait rien.

Ils passèrent devant l'arrêt de bus de son enfance, puis, quelques minutes plus tard, le taxi quitta la nationale pour pénétrer dans le désert en empruntant un chemin de terre défoncé. Qaher tendit le cou. Il essaya de repérer, sur sa droite, le sentier qu'il prenait à l'époque où il s'appelait Maïouf, et qui, coupant directement à travers la plaine, permettait de rejoindre le village plus au loin. Il essaya de toutes ses forces de l'apercevoir, d'en retrouver les méandres. En vain. Il y renonça finalement. Mais cela le contraria. Il eut la bizarre impression que son passé répondait à son indifférence en le fuyant.

Soudain, il aperçut le toit des premières maisons du village. La Mercedes roulait lentement. Son propriétaire ne voulait pas l'abîmer sur cette route faite plus pour les ânes que pour les voitures. Qaher put ainsi voir grandir le village et réfléchir. Et, alors que l'automobile arrivait au sommet d'une butte, il tapa sur l'épaule du conducteur en lui demandant de s'arrêter.

Qaher, assis à même le sol, regardait. En bas, le village du père, avec, en son centre, le cube de béton de la maison dont il était si fier. Plus loin, derrière la barre que l'on distinguait à peine, le village de la grand-mère, la tombe de sa mère. Qu'avait-il à faire ici ? Devait-il rendre visite au père, à la grand-mère ? Et dans quel but ? Se faire humilier, à nouveau, par ces gens qui ne comprenaient rien à ce qu'il entreprenait, à ce qu'il était sur le point de réussir, plus vides que le désert qui s'étendait devant lui ? Pourtant, ces gens étaient sa famille. S'il rompait avec eux, c'est avec tout son passé qu'il romprait.

Le chauffeur du taxi, qui était sorti lui aussi, toussota. Qaher leva la tête. Il lui fallait prendre une décision. Il regarda une dernière fois le village, la maison du père, le désert, cette terre abandonnée de Dieu, sans ressources, se leva, fit signe à l'homme et ouvrit la porte arrière. Devant le regard interrogateur du conducteur, il suspendit son geste :

— Nous rentrons, lui dit-il d'une voix sans émotion. Puis, mû par une soudaine impulsion, il se reprit : Non, avant, je voudrais faire une chose.

Le taxi était resté sur la route, en contrebas. Sur la petite colline, il ne restait aucune trace de la tombe de sa mère. Qaher, néanmoins, s'agenouilla. Il se sentait incapable de pleurer, et pourtant, il aurait voulu qu'elle fût là, elle, et elle seule. Elle, et elle seule, aurait pu éprouver de la joie à sa réussite ; elle, et elle seule, aurait pu être heureuse de sa venue. Il ne s'attarda pas.

C'était décidé. Il ne resterait pas un instant de plus en Syrie.

Le taxi rentrait dans Raqqah.

Oui, il en était sûr à présent. Sa vie, son avenir n'était pas en ces lieux. Il n'appartenait plus au désert.

Quand, sur le chemin du retour, il avait entraperçu un troupeau de moutons pâturant l'herbe rare, des images de son enfance lui étaient enfin revenues. Mais c'étaient des images de fêtes auxquelles il n'avait jamais participé. Il se souvenait de la joie qu'étaient pour lui ces réjouissances, dans son adolescence. On y mangeait le mouton traditionnel dont on réservait la cervelle aux hôtes de marque. Il n'en avait éprouvé aucune nostalgie, s'était dit seulement : “Bientôt tout cela aura disparu. Bientôt le pétrole vous aura chassés.” Il avait essayé de se repentir de cette mauvaise pensée mais n’y était pas parvenu.

A la gare routière, il prit un billet direct pour Damas. Tandis que le guichetier le lui tendait, il pensa brusquement à Fadia. Tant pis, songea-t-il. Il lui écrirait pour s’expliquer. Pour l’instant il lui fallait partir, repartir.

Bientôt, il devrait rejoindre Abu Dhabi où il venait d’être engagé comme ingénieur dans une exploitation pétrolière.

30

Le bitume était brûlant. Le ruban noir de la route se fondait, au loin, dans les dunes de sable. A quelques mètres, devant le capot de la voiture, il flottait, nébuleux dans l'air vibrant de chaleur, si bien qu'en laissant aller son imagination on pouvait avoir l'impression de se trouver dans un bateau silencieux filant sur la crête de vagues terreuses. Les volutes de poussière d'un gris terne qui s'élevaient, furieuses, agitées, tourbillonnantes, puis retombaient au passage du lourd véhicule, accentuaient encore ce sentiment. Mais si l'on se retournait, alors on découvrait un paysage aride et sec, une étendue blanchâtre sans fin, figée dans une impassibilité menaçante.

A l'horizon se tendait un ciel charbonneux que de pesants nuages ocre et violacés traversaient rapidement. Dans les profondeurs du désert une tempête de sable se préparait. La lumière du jour baissa tout à coup.

Le petit homme au complet sombre qui se tenait auprès de Qaher se pencha vers la vitre pour observer au-dehors. Son visage se perdit dans les plis du désert puis, au bout d'un instant, il reprit sa place avec un soupir de satisfaction. Sans tourner la tête, il s'adressa à son voisin avec le ton de politesse froide qu'il avait adopté depuis le début du voyage.

— Il a fait très chaud ces derniers jours. Et quand les tornades qui soulèvent le sable du désert se rejoignent, il arrive qu'elles provoquent des tempêtes.

Il esquissa un sourire sans sympathie, fit un signe de la tête pour désigner un lointain perdu, quelque part derrière les collines, et retomba dans un silence absent. Il était de son devoir, en tant que responsable administratif au sein de la Compagnie, d'initier les nouveaux arrivants à l'organisation du travail et aux menus à-côtés dont le désert faisait partie. Il s'acquittait de cette "corvée" avec diligence et une singulière indifférence, quoique, dans son for intérieur de petit homme, il en tirât de façon fort évidente le plaisir équivoque de détenir quelque puissance. Il faut dire que pour tous ces ingénieurs, frais émoulus de l'école, le désert était un mystère. Lui, cela faisait trois ans qu'il y vivait ; il en savait assez pour les impressionner. Quant à ce jeune garçon qu'il venait de "réceptionner" à Abu Dhabi, de toute évidence il en était à son premier poste, il aurait probablement tout à lui apprendre.

La lumière s'assombrit encore un peu. Qaher, qui avait jugé inutile de répondre, voulut baisser la vitre pour humer l'air, comme, enfant, il aimait le faire lorsque le désert devenait noir. Elle avait été scellée. Il insista un peu brusquement. Sans résultat. Interprétant mal son geste, son voisin s'empressa de le calmer :

— N'ayez crainte, nous serons bientôt arrivés.

Qaher lui jeta un regard à la dérobée. Le petit homme ne semblait guère soucieux mais plutôt absent. Calé au fond du véhicule, bien en sécurité, il regardait le monde extérieur comme s'il s'était agi d'un film projeté sur grand écran. A le voir si impeccablement cravaté, si neutre qu'il en semblait inconsistant, Qaher eut soudain la certitude qu'il n'avait jamais osé mettre les pieds dans ce désert qu'il prétendait lui apprendre. Il se demanda même s'il n'avait pas fait sceller les vitres de la voiture à seule fin d'empêcher les effluves du désert d'y pénétrer.

Il se garda néanmoins de faire une quelconque réflexion. Il repoussa les images du passé qui lui revenaient en désordre, souvenirs d'une enfance qu'il avait décidé d'oublier : toutes ces sensations, ces visages, ces odeurs. S'adossant à la banquette de cuir, il prit modèle sur l'attitude du petit homme. Il affecta le détachement.

Avalant les cahots, les pierres sur la route, dévorant les nuages de sable, dépassant même les pensées qui se bousculaient à l'esprit de Qaher, la voiture filait à toute allure. Le monstre de métal ne ralentissait même pas sa course lorsqu'il arrivait à la hauteur des bêtes qui traînaient sur les bas-côtés. Il les évitait, chaque fois, par miracle. Qaher s'en était d'abord vaguement inquiété. Mais à présent, il n'y songeait plus. Indifférent aux paroles sporadiques de son compagnon, ne se souciant plus de la noirceur du ciel, il s'était plongé dans la contemplation de "la chose" qui était apparue sur sa droite. Depuis quelque temps, à cent mètres à l'intérieur des terres, un gros tuyau courait, parallèlement à la route. C'était donc cela ! pensait Qaher. Un tuyau, un simple tuyau, pouvait abolir le désert, et en même temps reléguer son enfance dans le monde clos des temps révolus. Un tuyau, un simple tuyau, le projetait dans l'avenir qu'il s'était choisi, un avenir fait de tubulures, de pompes et de bruit.

C'est alors qu'au sortir d'un virage la voiture évita de justesse un groupe d'enfants bédouins qui tentaient de traverser. Le chauffeur maugréa mais n'esquissa pas le moindre geste pour ralentir. Qaher eut un haut-le-cœur. Il se retourna pour voir s'il n'avait heurté personne. Il n'aperçut que les chèvres, que les enfants ramenaient à leur camp, qui fuyaient en sautant dans la rocaille, affolées par le bruit et le souffle du véhicule. Il reprit sa place et gronda d'une voix sourde :

— Dites au chauffeur de faire attention !

Enfoncé dans son siège, le petit homme en costume sombre ne répondit pas. Ce n'est qu'un peu plus tard qu'il consentit à marmonner :

— Ne vous inquiétez pas. Avec vous autres, les nouveaux, c'est toujours la même chose… Vous avez des états d'âme. Ça passera. Un Bédouin mort, ici, ça ne compte pas. Au mieux, c'est une bouche de moins à nourrir. L'homme sortit un mouchoir et s'épongea la nuque. Conscient qu'il lui fallait encore justifier son cynisme, il ajouta : Tout le pays dépend de sa production de gaz et de pétrole. Vous comprenez ? Alors, on ne va pas s'embarrasser de quelques nomades nostalgiques qui survivent avec trois brebis. Personnellement je n'ai rien contre eux, vous savez, tant qu'ils ne nous empêchent pas de travailler…

La lumière baissa encore. Il faisait presque nuit à présent. Le faîte des maigres arbustes que l'on croisait commençait à se tordre. Un vol serré d'hirondelles passa au ras du sol. Tout cela disparut lorsque la voiture bifurqua pour s'engager sur une piste qui plongeait dans le désert. Qaher dressa la tête, impatient de voir les installations, et oublia de répondre aux paroles du petit homme en costume sombre.

31

La veille, lorsque Qaher avait débarqué à l'aéroport d'Abu Dhabi, d'une propreté et d'une modernité presque insolentes, il avait pris une grande inspiration et s'était gonflé les poumons de l'air chaud du dehors. Ce n'est pas qu'il ait éprouvé du plaisir à retrouver le sol de son passé – il faut dire d'ailleurs que le paysage ici ressemblait plus à un lac salé qu'au désert qu'il connaissait – mais un sentiment de fierté mêlé d'appréhension lui avait noué le ventre. Une voiture l'attendait. Une limousine noire comme il n'en avait pas vu beaucoup, même en France. Le chauffeur avait placé ses bagages dans l'immense coffre arrière. Puis ils avaient pris une autoroute, une large voie roulante.

Lorsque la ville lui était apparue, à l'horizon, il avait eu une sorte d'éblouissement. Sans doute les reflets du soleil bondissant entre la mer et les grandes tours de verre en étaient-ils la cause. Quoi qu'il en soit, cette lumière fut sa première véritable image des Emirats. Le ciel, ici, était pur, pur comme celui dont Qaher se souvenait avec nostalgie.

En pénétrant dans la grande cité moderne, la nostalgie avait disparu et fait place à une sorte de consternation mêlée de surprise. A mesure que le chauffeur enfilait les avenues, la ville perdait son caractère arabe – du moins le caractère arabe que Qaher lui avait imaginé et qu'elle ne devait en fait qu'au ciel crépitant de lumière qui l'enveloppait. En son cœur, la ville lui avait semblé presque asiatique. Qaher s'était heurté avec stupeur au caractère factice de ce qui l'entourait. Les oasis qu'il avait connues dans son enfance étaient luxuriantes, certes, mais jamais elles ne laissaient croire à ceux qui les traversaient qu'ils avaient délaissé le désert. Or, ici, à Abu Dhabi, une végétation exubérante agrémentait les carrefours, les bords des avenues, une végétation artificielle, entretenue, faite d'arbustes bas, de lilas, avec, de loin en loin, des palmiers comme il n'en avait jamais vu autant, au point que l'on doutait de se trouver dans la péninsule arabique.

Le chauffeur avait emprunté la route de la côte, pour lui faire admirer la mangrove au bleu si dense, si profond. Mais au lieu de jouir de la vue, Qaher ne parvenait qu'à imaginer, derrière la bande de terre qui barrait son horizon, les tankers qui sillonnaient le golfe Persique.

Ils avaient déposé ses bagages à l'hôtel, puis s'étaient rendus dans l'une des agences de la Compagnie pétrolière. Un petit homme en complet sombre, l'air effacé, et pourtant curieusement arrogant, l'attendait derrière un bureau. Au moment où Qaher lui avait serré la main – qu'il avait trouvée désagréablement molle – il avait soudain cessé d'être un voyageur. Il était là pour l'industrie. Le pétrole ! Comme on en avait décidé pour lui à Damas.

Aujourd'hui, c'était vendredi. Le début du week-end pour les ingénieurs occidentaux, le jour de la prière pour les musulmans, il était l'un et l'autre. Dans la rue, il entendit l'appel du muezzin. Malgré lui, son cœur se serra, comme pris dans l'étau des souvenirs. Il sentit son cœur battre un peu plus vite, sa mémoire se mit à revivre avec une nouvelle ardeur. Le désert le rattrapait ; à moins qu'il ne s'agisse d'autre chose… Il poussa la porte.

L'air climatisé avait été poussé trop fort. Qaher frissonna en entrant dans la salle aux couleurs marines du *Columbia Café*. Un pianiste, installé dans un coin de la salle, jouait des airs en sourdine avec un air pénétré. Une lumière tamisée, douce et tiède éclairait son visage, ce qui contrastait avec l'éclat cru des néons qui inondait le reste de la salle. Les clients du *Beach Hotel* commençaient à arriver par grappes agglutinées. On n'avait aucun mal à les distinguer des habitués. Ils avaient l'air plus vifs et plus maladroits, et se resserraient en groupes comme le font les touristes avant de se perdre en achats dans les souks.

Qaher, que la fraîcheur artificielle et l'ambiance superficielle indisposèrent immédiatement, fut tenté de retourner dans l'air brûlant du dehors. Tout à coup, il voulut retrouver l'air lourd et salin de l'avenue, le miroitement de la mer, la sensation du soleil sur son corps, et surtout l'éclat de sa lumière tardive qui lui rappelait ses courses enfantines, quand il se hâtait de revenir de l'école, le soir, à travers le désert.

Il s'apprêtait à sortir lorsqu'il aperçut une silhouette se dresser au centre de la salle et lui faire des signes véhéments. David Bensoussan, un petit informaticien d'origine juive que Qaher trouvait si gentil, si prévenant, et tellement désabusé, l'avait aperçu. Il l'invitait à se joindre au groupe bruyant qui s'était attablé autour d'une bouteille, et ne se rassit qu'une fois que Qaher, avec un bref soupir de résignation, lui eut fait signe à son tour.

Qaher regretta aussitôt ce qu'il considérait comme un mouvement de faiblesse. Laissant la porte se refermer derrière lui, il leva la main et indiqua le comptoir, pour signifier qu'il avait une petite chose à régler avant de les rejoindre. Quelques instants, encore quelques instants...

Cela faisait à présent huit mois qu'il travaillait comme ingénieur sur un réseau de puits de la très riche région d'Habshan, à presque deux cents kilomètres vers l'ouest à l'intérieur des terres. Il s'était plus rapidement acclimaté que la plupart des nouveaux arrivants – tout lui était déjà familier –, il avait trouvé sa place dans l'équipe, il avait même adopté ses habitudes. Mais, dans son for intérieur, il sentait un perpétuel décalage le séparer des autres.

En acceptant ce poste, Qaher avait décidé de se consacrer entièrement à son travail. Et il s'en était tenu à sa décision. Il voyait peu de monde. Il sortait peu, arrivait tôt sur le complexe, repartait tard. Il s'isolait à ce point que, lorsqu'il devait prendre du repos, comme ce soir, il se sentait vaguement "désœuvré". Privé de la force, de l'activité des machines, il lui restait la compagnie des hommes, ceux-là, justement, qu'il venait retrouver avec l'espoir vague qu'ils sauraient l'aider à se détendre.

Oh, bien sûr, il s'entendait avantageusement avec "eux", les membres de son équipe qu'il appelait à présent ses "amis". Néanmoins, il ne lui avait fallu que quelques semaines pour comprendre qu'il en serait, ici, avec "eux", tout comme il en avait été en France. S'il n'était plus vraiment question de se justifier quant à ses compétences, il allait pourtant devoir à nouveau jouer son rôle, tenir sa place. Telle était la faiblesse des hommes qui jugeaient sur l'apparence, ce qui n'était pas le cas des machines. A ses moments de doute, Qaher se demandait s'il trouverait jamais cette place qui lui échappait : Badawi à Raqqah, Syrien en France, travailleur étranger dans les Emirats, sans cesse, il était un étranger parmi les siens ! Mais quand l'optimisme venait le caresser, en revanche, il souriait. Car que pouvait l'apparence contre la ruse ? La ruse, cette force qu'il tenait de ses ancêtres, était un détour de la puissance qui le fascinait, une espèce de technique qui, elle, pouvait s'acquérir et fonctionnait en profondeur, un art qu'il portait par héritage et qui permettait de circonvenir ceux qui vous croyaient faible. Il le faisait sans hypocrisie d'ailleurs. Plutôt en avait-il acquis l'habitude, poussé par la nécessité, dès sa petite enfance et jusqu'aux premières années en France. Ainsi avait-il une manière de ne jamais s'imposer mais de se rendre indispensable, au point de pousser ceux qui, au départ, ne voulaient pas de lui à le reconnaître, voire à l'imposer auprès d'autres.

Et puis, sans qu'il en ait eu très clairement conscience, les quelques années passées à Montpellier, faites d'études et d'oubli, avaient transformé le cours de son existence. Ce qui avait été pour lui, jusqu'à son arrivée en France, une lutte pour se dégager des pesanteurs, des préjugés de sa race – que d'autres, aussi bien, appelaient les traditions – tout cela s'était inversé. Ce qui avait fait figure de rébellion dans son enfance avait dû se transformer en discipline de conformité, effort d'un jeune Badawi pour se façonner à l'image convenue d'un Occidental. Cette lutte-là, il l'avait gagnée. Mais cette victoire – il n'était plus un garçon naïf – n'était que provisoire ; tout pour lui serait provisoire jusqu'à ce qu'il s'impose dans un monde qui n'était pas le sien et devienne maître de son image.

Il n'en était pas encore là. Pour l'heure, il devait continuer de jouer le jeu, retrouver ses camarades, comme chaque fin de semaine, pour un apéritif qui, comme d'habitude, s'éterniserait, une coutume qu'il ne goûtait guère où il semblait que l'on ne commençait d'être vivant qu'après avoir avalé trois bourbons tassés. Mais Qaher ne désirait pas vraiment s'y soustraire. Le costume impeccablement repassé – il avait appris à soigner son apparence, l'apparence faisait partie des ruses –, il s'était donc rendu au rendez-vous hebdomadaire.

Conscient qu'il ne pouvait s'attarder plus longtemps auprès du bar sans paraître impoli, Qaher résolut de rejoindre ses "amis". Il s'avança en louvoyant vers une table basse au centre de la salle autour de laquelle quatre hommes en bras de chemise avaient déjà pris leurs aises dans de grands fauteuils en cuir noir. Tout autour s'agitait et bavardait une clientèle hétéroclite.

32

En arrivant près de la table basse de bois laqué incrustée d'éclats de verre colorés – à mi-chemin entre l'art musulman et la décoration ultramoderne – Qaher vit les boissons bien en évidence. Pleins d'un liquide légèrement ambré qui s'accordait au ton de la table, les verres miroitaient dans l'éclairage de la salle. Une fois encore : bourbons et petites olives. Ce rite, transmis d'une génération d'ingénieurs à l'autre, servait de cache-misère aux plongées dans l'alcool de ses compagnons. Il esquissa un sourire. Comme s'il se fût agi d'un signal, tout le monde se mit à parler en même temps : "Encore en retard !", "Nous, on ne t'a pas attendu, tu vois !", "Ça va ! Tiens, prends un fauteuil à cette table, là, et viens t'asseoir avec nous !", "Alors, Qaher, tout est en ordre ?", "On ne parle plus travail, on a dit !". Feintant ce véritable assaut de paroles, Qaher se contenta de répondre :

— Oui, tout est en ordre.

Il s'empara du fauteuil et s'intercala dans l'espace vide qui se trouvait entre Bensoussan et Durieux.

— Qu'est-ce qui t'arrive ? Tu en fais une tête !

Oxley Brint, britannique de son état, avait considéré, du jour où il était arrivé à Abu Dhabi, qu'il était de son devoir de défendre la réputation de grands buveurs des Anglo-Saxons et, depuis, il s'employait avec succès à entraîner ses amis dans sa croisade. Aussi, bonne ou mauvaise humeur, peu lui importait finalement, et il se hâta d'ajouter :

— Allez, Qaher, un bourbon comme tout le monde !

Qaher retira sa veste, la posa délicatement sur le dos du fauteuil, s'installa et considéra longuement ses compagnons. Lorsque, enfin, il réalisa qu'ils attendaient sa réponse, il bredouilla un peu confus :

— Oui, oui, je prendrai un bourbon. Pour ce qui est de ma tête…

David Bensoussan l'interrompit d'un geste pour faire signe au petit serveur philippin qui débarrassait la table voisine, puis, se tournant vers lui, l'engagea à reprendre :

— Tu disais, ta tête ?

— Rien, c'est personnel, dit Qaher, espérant que les autres se satisferaient finalement de cette réponse évasive.

Soudain, la salle fut envahie d'une bruyante agitation. Unc vingtaine de personnes venaient d'entrer, en prenant soin de se faire remarquer. Des hommes et des femmes qui, dans la banalité de leur quotidien, étaient bien souvent discrets, effacés, bouffis de scrupules et de frustrations, explosaient ici, loin de chez eux, masqués les uns par les autres, en cris, en gestes, en admonestations et surtout en rires hystériques particulièrement déplaisants. Qaher ferma les yeux. D'ordinaire, de telles manifestations l'irritaient. Pas aujourd'hui pourtant. Il espérait qu'elles détourneraient l'attention de ses "amis", assez longtemps du moins pour qu'ils en oublient l'ébauche de conversation qu'ils venaient d'avoir. Avec un peu de chance, songea-t-il, il pourrait s'éclipser plus tôt que de coutume et s'abandonner aux pensées qui le préoccupaient ce soir.

Malheureusement, Durieux dressa nonchalamment le nez et, levant la voix pour couvrir le chahut, il renchérit :

— Quoi ? C'est ta famille ? De mauvaises nouvelles ?

Durieux était lui aussi ingénieur. Cependant, il aurait tout aussi bien pu être garçon de café ou poète, rien chez lui ne laissait deviner les motivations de ses choix professionnels. Il était de ceux qui préféraient la cinémathèque de l'Alliance française aux paris nocturnes sur l'hippodrome et s'enorgueillissait de sa différence, non sans affectation. Il faisait par ailleurs preuve d'une intelligence que Qaher respectait et celle-ci n'allait pas sans une curiosité qui frisait parfois l'indiscrétion. C'est pourquoi il ne pouvait laisser passer l'éventualité d'en savoir un peu plus sur la vie privée de Qaher, d'autant que ce dernier était habituellement d'une rare discrétion à ce sujet. Avec une douceur maîtrisée, Qaher consentit à répondre :

— En quelque sorte.

— J'entends mal avec ce bruit, insista Durieux sans vergogne. Quoi ! Quelles mauvaises nouvelles ?

— Pas de mystère entre nous, lança David Bensoussan, jovial, presque ivre.

— Je ne fais pas de mystère.

Le serveur en livrée blanche venait de poser le bourbon sur la table en même temps qu'une assiette d'olives. Qaher prit le temps d'avaler une gorgée d'alcool et de grignoter une olive.

— Il s'agit d'une amie.

— Une amie !

C'était Alvaro qui s'était récrié. Pour employer son langage, Alvaro c'était "une autre limonade" que Durieux. Franco-espagnol, de parents farouchement républicains, il s'était donné pour principe de rester indifférent aux questions politiques et avait reporté sa vitalité sur le beau sexe. Pauvre Alvaro ! Il se morfondait dans ce pays qui n'offrait guère de satisfaction à ses désirs, ce pays où les femmes, sans être voilées – car les Emirats étaient libéraux –, devaient néanmoins couvrir leur corps de lourdes étoffes qui ne laissaient rien deviner. Alvaro cherchait "fortune" auprès des touristes de sexe féminin, avec plus ou moins de succès, et c'est en partie pour cette raison qu'il avait choisi ce bar. L'idée d'une proie de plus le ravissait.

Qaher s'apprêtait à répliquer lorsque Brint, probablement impatienté par ses atermoiements, et fort préoccupé de boire, lança, en même temps qu'il leva son verre :

— A ta santé ! A quoi il ajouta, portant le verre à ses lèvres : Et à la santé de ton amie !

— Tu nous la présenteras, hein ? s'inquiéta Alvaro.

Et chacun s'empara de son verre.

La conversation alla lentement à propos de choses et d'autres, et finit par s'épuiser. Le grand ventilateur accroché au plafond continua de battre l'air avec la même vigueur. Une espèce d'engourdissement s'empara de chacun à mesure que les verres succédaient aux verres. Les étrangers en poste dans les Emirats jouissaient de nombre d'avantages qu'ils finissaient par croire naturels et éternels. Mieux payés ici qu'ailleurs, profitant d'un confort indu et de la sécurité illusoire d'une communauté de privilégiés, ils se laissaient souvent gagner par la mollesse et l'avachissement. Qaher le savait, mais il profita de la torpeur bienfaitrice qui régnait, et, oubliant ses "amis", il s'installa confortablement dans son fauteuil, se saisit de son énième verre et plongea dans sa rêverie.

Fadia lui avait écrit, annonçant sa prochaine venue. Comment avait-elle retrouvé sa trace ? Il ne se souvenait pas, dans sa dernière lettre – qui datait de si longtemps ! –, lui avoir parlé des Emirats ; il n'était même pas sûr qu'à cette époque on lui ait déjà proposé cet emploi.

Il s'était acquitté de sa correspondance avec elle comme on le fait d'un devoir, si bien qu'il n'en avait pas gardé une très fidèle mémoire. Il était donc tout à fait possible qu'il ait évoqué quelque chose comme ce travail, ou le désir qu'il avait de décrocher un poste tel que celui-ci, ou encore, il pouvait très bien avoir mentionné le nom de la Compagnie. Fadia n'aurait eu, alors, qu'à faire quelques démarches... Elle en était parfaitement capable. C'était ce qui l'avait attiré chez elle : sa vivacité, cette intelligence à fleur de regard qui voulait toujours avancer, quels que soient les obstacles. Fadia lui avait écrit. Elle venait pour le voir. Mais cela ne regardait personne d'autre que lui.

33

Il avait espéré les quitter plus tôt. Il se trouvait pourtant, à présent, en compagnie de Durieux, toujours attablé, le dernier de la bande, semblables à deux pochards attardés. Brint, Alvaro et Bensoussan étaient partis ; dans cet ordre. Ils avaient beaucoup bu, tous. Lui aussi. Ils n'avaient plus parlé de son amie.

A mesure que la soirée avait avancé, le bar s'était transformé. L'ambiance s'était épaissie. Le ventilateur avait eu de plus en plus de mal à dissiper le dense nuage de fumée qui s'accumulait autour de ses pales. Il ne pouvait plus, à cette heure déjà matinale, que le déchirer lentement, laisser planer ses lambeaux au-dessus des têtes fatiguées, volutes blanches et grises qui dansent, appesanties, pénètrent les narines, troublent la lumière et émoussent les formes autant que les vapeurs d'alcool. Les clients, eux aussi, avaient subtilement changé. Aux touristes festifs et gais, venant goûter un apéritif d'avant dîner, s'étaient substitués des couples, des groupes plus restreints, plus discrets, puis, imperceptiblement, les couples et les amis étaient partis, et il n'était resté que quelques solitaires, attachés à leur table, à leur verre, à leur regard humide et vaporeux. Le *Columbia Café*, à présent plus qu'à moitié vide, avait perdu le charme cossu et moderne qu'il offrait au début de la soirée. Qaher retrouvait ce sentiment de tristesse et de décalage qu'il avait éprouvé si souvent dans ce bistrot proche de la gare de Montpellier où il avait coutume de s'arrêter, seul, pour prendre un dernier café lorsqu'il rentrait tard le soir. Tout, jusqu'aux derniers bruits qui traversaient la salle, ceux des serveurs pressés d'achever leur nuit de travail, qui insistaient en rangeant les tables sans ménagement, tout le lui rappelait.

— Ils vont bientôt fermer, déclara soudain Durieux. Si nous sortions ?

Qaher émergea des brumes et se redressa :

— Si tu veux.

Dehors, l'air était moite et les rues vides. Ils marchèrent quelque temps sans parler. Leurs pas les conduisirent jusqu'à la corniche qu'ils décidèrent de longer. Seuls le clapotement de l'eau contre la grève et, de loin en loin, les reflets sur la surface laissaient deviner que la mer se trouvait à proximité. Dans la nuit, noire et étale comme elle l'était, on aurait pu ne pas la voir.

— Tu ne voulais pas parler de quelque chose ? demanda Durieux en inclinant la tête.

— Moi ?

— Ne me dis pas le contraire. Cela fait un moment que je t'observe. Si nos soirées ne t'enchantent pas outre mesure, ce soir, c'est pire que tout…

Soulagé de pouvoir enfin se libérer de l'oppression qui le tenait depuis le début de la soirée, réticent à l'idée d'aborder un sujet personnel, Qaher se pencha, ramassa une pierre qu'il jeta dans l'eau, puis parla avec hésitation :

— C'est une amie. Je l'ai connue en Syrie, avant de venir en France.

— Et c'est une amie simplement, ou bien une *amie*.

Qaher prit une profonde inspiration d'air marin :

— Je ne sais pas. En fait, je ne sais plus…

— C'est cela qui te tracasse ?

— En quelque sorte, oui. Je l'ai rencontrée lorsque j'étais encore adolescent. J'étais au lycée. Je ne connaissais rien. A vrai dire j'étais même un peu perdu. Le lycée, c'était un grand changement pour moi, tu sais. Un monde nouveau. Bon, tu peux comprendre… Et puis j'étais seul. Elle, elle était du coin, elle habitait près de la maison où je logeais. Au début on se croisait. Elle allait au lycée. On s'est liés d'amitié, puis on est devenus inséparables. On se voyait souvent. C'est en sa compagnie, à vrai dire, que je me suis découvert. Quand elle était là, je me sentais autre, meilleur, tu me suis ?

— Peut-être.

— Lorsque j'ai pris le car pour partir, le car qui devait me conduire à Damas, c'est elle qui m'a accompagné, personne n'était là, elle seule…

Qaher suspendit sa phrase. Lui revenait, si réel, le baiser que Fadia lui avait donné avant qu'il ne la quitte, le baiser qu'il sentait encore sur sa joue, et, avec lui, la promesse qu'il n'avait pas tenue ! Il porta sa main à sa joue, là où elle l'avait embrassé. Durieux ne dit rien. Ils avancèrent ainsi, en silence, jusqu'à ce que Qaher consente à poursuivre :

— Et puis je suis parti. Nous étions des enfants à l'époque. Nous ne savions pas ce que nous faisions. Les promesses, les serments. Mais nous avons grandi. Nous avons changé. Enfin, moi, j'ai changé.

Il n'osait pas avouer à Durieux qu'après les quelques lettres qui avaient suivi son arrivée en France, il avait presque cessé de correspondre avec Fadia. Il n'osait pas lui dire qu'il l'avait mise à l'écart, petit à petit. Et comment lui faire comprendre aussi qu'il avait changé de nom ? Que si lui, Durieux, le connaissait comme Qaher, Fadia, elle, se souvenait de Maïouf. Et comment le lui dire, à elle ? Parce qu'il allait devoir le faire.

Durieux était en train de parler :

— Que dit-elle de tout ça ? Comment réagit-elle ? Tu dis qu'elle va venir ?

— J'ai reçu une lettre, hier. Elle est devenue institutrice. Elle a obtenu un stage à Mascate. Etendant son bras, Qaher montra le sud. Elle veut me voir, ajouta-t-il.

— Tu ne m'as pas répondu. Ton amie, est-ce qu'elle a oublié, comme toi ?

— Je n'ai pas dit que j'avais oublié !

— Bon... OK. Disons, a-t-elle changé, si tu préfères, grandi comme toi ? concéda Durieux en écrasant sa cigarette avec un sourire.

Non, elle n'avait pas changé. Oh, elle avait grandi, mûri, évidemment, mais elle n'avait rien oublié des serments passés. *"Chaque fois que j'avais des doutes,* lui avait-elle écrit dans sa lettre, *chaque fois que je rencontrais des difficultés, je pensais à nous, à nos discussions, à la promesse que je t'avais faite, à celle que tu m'avais faite. Mais peut-être as-tu oublié cela ? J'espère que non. Je n'ai jamais voulu croire que tu pouvais oublier."*

Il n'avait pas oublié, mais il avait changé. Ou plutôt, il préférait dire qu'il avait grandi. Il savait, à présent, tout ce que vivre impliquait d'âpreté et d'efforts et que les rêves de jeunesse n'y avaient pas leur place.

Depuis quelques instants les deux hommes avaient cessé de marcher et, accoudés à la rambarde, regardaient sans le voir le golfe Persique qui s'étendait devant eux. Durieux interrompit leur silence songeur :

— Que comptes-tu faire ?

— Je vais la voir. Elle sera là demain…

— Que veux-tu que je fasse ?

34

— Maïouf ?

Qaher eut un sourire embarrassé. A quelques mètres à peine, Fadia le dévisageait. Il l'avait immédiatement reconnue dans la foule clairsemée des passagers sans oser esquisser un geste dans sa direction. Comme pétrifié, il l'avait regardée hésiter, tendre le cou, chercher avec inquiétude. Mais quand il avait croisé son regard, le sien avait à peine cillé. Ses yeux étaient toujours aussi limpides et vifs, et son regard, que même la brutale lumière électrique ne parvenait pas à ternir, l'avait mis mal à l'aise.

— Maïouf, c'est toi ?

Il se résigna à avancer. Quelques pas hésitants. Il aurait voulu parler, mais les gens autour de lui l'en empêchaient. Pourtant personne ne lui prêtait attention. La plupart des gens se hâtaient déjà vers la sortie, quant aux autres, ceux qui s'attardaient, ils étaient bien trop occupés à chercher le chauffeur qui devait les attendre ou à parler dans leur téléphone cellulaire. Leur présence pourtant le gênait. Soudain, il se retrouva tout proche d'elle, à la frôler, à percevoir la chaleur de son corps, à sentir son odeur, une odeur humaine et poivrée comme le goût de ses lèvres. Il aurait pu la toucher. Il la touchait presque. Il aurait pu l'embrasser. Il la regarda en silence, incapable de prononcer un mot, incapable de la prendre dans ses bras. Fadia esquissa un sourire espiègle. Elle aussi était gênée. Elle non plus ne savait trop que faire, hésitait à se serrer contre lui ou simplement le saluer.

— Maïouf, tu as changé. Mais je t'ai reconnu, tu sais !

Il savait. D'un geste un peu brusque, il la saisit par le coude. Il s'empara de la petite valise qu'elle portait, puis, l'entraînant avec lui, il se dirigea vers la sortie. Malgré lui, il marchait à grands pas, un peu trop vite peut-être, manquant, ici et là, de bousculer des gens, désireux de sortir au plus vite du grand hall plein de résonances, de se retrouver dehors, de reprendre contact avec le ciel et la terre, avec l'espoir qu'une fois dehors, il saurait trouver les mots pour l'accueillir.

Elle le suivit, docile, comme absente, un peu surprise par sa hâte, intimidée par la métamorphose qui en avait fait un homme. Elle ne semblait pas s'être aperçue de son silence, comme si elle n'avait pas encore réalisé qu'elle était arrivée, qu'ils s'étaient retrouvés et qu'elle trottait à sa suite. Le décor ultramoderne, sans âme, sans histoire, sans passé et déjà sans avenir de l'aéroport, dont toute l'activité dépendait de la production pétrolière, et qui disparaîtrait une fois celle-ci épuisée, défilait devant elle comme dans les quelques films occidentaux qu'elle avait pu voir. C'est à peine si elle remarqua le bizarre mélange d'habillements de la foule, où se côtoyaient costumes européens et djellabas cossues, kandjars et montres en or, têtes couvertes ou nues, visages voilés ou fardés.

Ils parvinrent enfin à l'air libre. Devant eux, des taxis rangés à l'ombre de palmiers attendaient. Au loin, la barrière déchirée d'un massif aride de pierre noire barrait l'horizon. Où aller à présent ? Ils s'immobilisèrent, saisis du même sentiment d'incertitude. Profitant de la halte, Fadia se dégagea avec douceur.

— Je dois me présenter au ministère. Tu sais. Pour que l'on me donne mon affectation. Tu m'y accompagnes ? demanda-t-elle d'une voix légèrement rauque.

Le ciel ni la terre ne furent pour rien dans le soulagement qui envahit Qaher à cet instant. S'écartant d'elle d'un pas, il laissa tomber, d'un air faussement dégagé :

— Ma voiture est dehors.

— Tu as gardé la même voix !

— Que dis-tu ?

— … alors, tu as une voiture !

— Oui. C'est celle que me prête la Compagnie.

Il montra le parking du doigt et se mit en route, avec moins d'empressement cette fois. Au passage, il jeta un regard à la grande façade vitrée qu'ils étaient en train de longer et dans laquelle leur image se reflétait. Fadia portait des vêtements européens. Un tailleur gris anthracite, assez sévère, qui seyait parfaitement à une nouvelle maîtresse d'école, mais qui soulignait aussi sa silhouette élancée. Elle était devenue femme. Mais sous la femme que les autres voyaient, Qaher avait retrouvé la jeune fille sensible et fine qu'il avait connue. Combien de fois avaient-ils marché ainsi, côte à côte, dans les rues de Raqqah ? Si souvent qu'avec le temps il ne parvenait plus à dissocier cette ville de la présence de Fadia. Il avait toujours espéré qu'elle puisse le voir, un jour, grimper dans le camion du père. Elle n'en avait jamais eu l'occasion. A présent, il la conduisait vers *sa* voiture ! Quelque chose de son rêve enfantin se réalisait. Un dernier coup d'œil avant d'obliquer vers le parking. Il se trouva assez élégant dans la tenue de sport soignée qu'il avait choisie. Mais, à ce reflet de jeune homme fier, l'image que ce matin la glace lui avait renvoyée tandis qu'il se rasait vint se superposer. Son visage était dur. Il grimaça.

Arrivés à la voiture, ils rangèrent la valise de Fadia dans le coffre arrière, en firent le tour, et s'installèrent. C'était un véhicule neuf. Il sentait le cuir. En dépit de l'heure matinale le soleil avait chauffé la tôle, renforçant l'odeur légèrement acide et pesante, désagréable pour tout dire, qui y régnait habituellement. Qaher baissa les vitres en appuyant sur le bouton de commande centrale. Tandis que les glaces descendaient dans un doux sifflement, il se souvint des bus bigarrés qu'il avait empruntés en Syrie. Ces engins assourdissants cahotaient sur les routes secondaires, il les trouvait si confortables à l'époque, mais, aujourd'hui, il ne les évoquait plus sans sourire. Il se tourna vers Fadia. Elle aussi semblait songeuse. Avant de se résoudre à mettre le moteur en route, Qaher feignit quelques préparatifs, régla inutilement le rétroviseur. D'une certaine manière, il cherchait à faire durer cet instant hors du temps : lui et elle, assis l'un près de l'autre, pareils au couple qu'ils auraient pu devenir. Redoutant que Fadia ne remarque sa manœuvre, il démarra à contrecœur, traversa l'esplanade en béton et s'engagea sur la voie rapide en direction de Mascate.

35

Fadia rompit le silence.

— Comment est-ce, Maïouf ?

Il y avait de la tension dans sa voix.

— Quoi ?

— Ici ? L'existence ici ? Est-ce si différent de chez nous ?

Qaher eut un petit rire mélancolique.

— Tu n'auras qu'à regarder autour de toi et tu comprendras. Les villes, ici, ne ressemblent ni à Alep, ni à Damas. Elles sont riches, modernes, efficaces. Tu n'es jamais allée en Occident ?

— Tu sais bien que non, mais j'ai vu assez de reportages à la télévision pour savoir à quoi ça ressemble. Je vis à Alep maintenant, et je suis allée aussi à Damas. Que veux-tu de plus ?

— Rien, rien. De toute façon, ici, ce n'est pas l'Occident.

— Alors, qu'est-ce qu'il y a ici ?

— Ici, c'est nulle part et partout. Mais peu importe…

Ils avaient rejoint la route principale et se dirigeaient vers Mascate à vive allure. Sur leur gauche, parfois, au détour d'un virage, apparaissait la mer.

— Qu'est-ce qui importe, Maïouf ?

— Eh bien, ce qu'il y a derrière les façades, ce qui a poussé tout cela à s'élever au milieu du désert. Je n'ai pas besoin de t'expliquer ce qu'est le désert, n'est-ce pas ?

Fadia défit un des plis de sa jupe du revers de la main.

— C'est inutile, répliqua-t-elle d'une voix acerbe. Puis, comme regrettant son ton, l'humeur que trahissait sa réaction, elle reprit avec plus de douceur : Explique-moi. De quoi parles-tu ? De l'argent ? Je sais que ce sont des pays riches, très riches.

Avant de répondre, Qaher klaxonna un semi-remorque à la longue citerne d'un gris nickel qui lui obstruait la voie, puis reprit, quelque peu sentencieux :

— L'argent n'est qu'une apparence. Tu verras, regarde autour de toi et tu comprendras.

— Pour l'instant, je ne vois qu'une route bordée de plantations, c'est tout.

— Sois patiente. Moi, ce sont les tours de verre brillant dans le soleil qui m'ont frappé à mon arrivée, le premier jour. Et je peux te dire que c'est une chose de voir ces tours qui se dressent dans le ciel sur un écran, une autre de se trouver face à elles, ici, au milieu de nulle part. Elles brillent à en faire mal aux yeux. Elles me font penser, chaque fois que je les aperçois, aux bancs de sable au bord du fleuve, tout proche de mon village. Un éclat blanc, pur, insoutenable. Mais, ce qui m'émerveille le plus, c'est qu'elles sont l'œuvre de l'homme.

D'un coup d'accélérateur Qaher dépassa un convoi qui peinait dans la montée. En se rabattant, il jeta un regard noir dans le rétroviseur et grommela quelque chose d'inintelligible. Au moment où la route replongeait vers la vallée, parut la ville. Il tendit le bras.

— Voilà Mascate.

Fadia se pencha en avant, scrutant l'horizon :

— Je ne vois pas ces tours dont tu me parles.

En effet, la ville qui s'étendait le long du golfe d'Oman brillait, certes, mais de la blancheur de la chaux, avec ici et là quelques taches couleur sable ; de petits immeubles aux toits plats s'étageaient sur les pentes d'un terrain accidenté, cerné par de hautes montagnes abruptes et dénuées de végétation : les contreforts du Hadjar. Le bleu intense de la mer qui miroitait à sa gauche lui fit presque mal aux yeux.

Qaher expliqua :

— C'est le sultanat d'Oman. Ils conservent les traditions, ici. Mais si tu vas à Dubaï ou à Abu Dhabi, tu verras les tours et le reste.

Fadia se plongea dans la contemplation de la cité qui se déployait maintenant sous ses yeux. Puis elle murmura comme pour elle-même :

— Ça ne ressemble pas à Alep, c'est sûr, mais dans le fond, c'est comme chez nous. Ici aussi, les villes sont des oasis.

— Oui, des oasis dont les arbres ne poussent pas leurs racines dans la terre mais dans les nappes de pétrole.

Fadia se recula dans son siège.

— Alors, tu es ingénieur à présent, Maïouf ?

— J'ai eu mon diplôme l'année dernière, répondit-il en engageant la voiture dans les faubourgs de la ville.

— Tu as réussi.

— En partie.

Fadia se tut. Qaher aussi. Il n'avait pas envie de continuer à faire semblant. Il savait bien que Fadia n'était pas venue pour le dépaysement ou le tourisme. Il sentait combien étaient factices toutes ces paroles, ces dissertations sur la ville, la vie. Le silence se prolongea, pesant. A travers la vitre baissée, des bourrasques d'air venaient fouetter son visage, l'obligeant à cligner des yeux. Il regretta d'être venu. Il redoutait l'instant de vérité. Le vent, le bruit, la tension de la route. Combien de temps allait-elle attendre ?

— Pourquoi as-tu presque cessé de m'écrire ?

On y était.

— Je ne sais pas. Je n'avais pas le temps.

La réponse n'était pas suffisante, Qaher en avait conscience.

— Il fallait que je pense à mes études, avant tout. Je devais réussir, tu sais. J'ai dû beaucoup travailler.

Et c'était en partie vrai. Il avait dû apprendre à raisonner autrement, à penser, à agir comme quelqu'un qui maîtrise les choses au lieu de les subir. Il n'avait pas oublié Fadia, mais son image s'était estompée avec celle de la Syrie où, hormis le bref passage à Alep, il n'était plus jamais retourné. Chaque nouvelle année avait été plus difficile que les précédentes. Les unes après les autres, il avait rejeté les traces de son passé, comme les peaux mortes que le serpent abandonne dans sa mue. Et Fadia avec elles.

— Je ne suis plus le petit garçon que tu as connu à Raqqah.

— Je ne suis plus, non plus, celle qui t'a dit au revoir à l'arrêt de bus, tu sais. Tu t'en souviens ? Moi, je n'ai pas oublié. Puis, comme Qaher ne répondait pas, elle ajouta : Te souviens-tu aussi de notre discussion sur les remparts de la citadelle ?

Au moment où Fadia posait sa question, Qaher quitta la voie côtière pour s'engager dans la ville même. L'augmentation de la circulation, la nécessité de se concentrer sur sa conduite lui parurent de bons prétextes pour ne pas avoir à répondre. Il contourna un vieux fort du XVIe siècle. De larges panneaux, rédigés à la fois en arabe et en anglais, indiquaient les différentes directions. Il devait aller au sud.

Comme ils passaient devant une tour élevée, Qaher fit signe de la tête à Fadia. A Raqqah, le centre-ville était organisé autour de la tour de l'Horloge. C'est au pied de cette tour que se trouvait la gare routière qui avait été témoin de leurs adieux. Fadia sourit. Il sembla à Qaher que ce sourire était triste. Il avait conscience qu'elle attendait une réponse. Chaque minute qui passait jouait en sa défaveur, trahissait son indécision, mais il ne pouvait se résoudre à formuler une réponse. Il devinait ce que Fadia avait à l'esprit : elle voulait savoir s'il allait rentrer un jour. Une question qu'il avait fini par écarter en se disant que le temps déciderait pour lui. Et voilà qu'elle lui revenait.

Lorsque Qaher immobilisa la voiture devant l'immeuble du ministère, il n'avait pas répondu. Fadia vérifia ses papiers.

— Tu n'es pas obligé de venir avec moi.

— Va. Je t'attendrai. J'ai pris ma journée.

Elle descendit. Il la regarda disparaître, littéralement engloutie par le bâtiment flambant neuf. Il chassa de la main une bouffée de nostalgie. Non, il ne la suivrait pas.

36

Dehors, la nuit brillait de mille feux. Les derricks, disposés à intervalles réguliers, quadrillaient une partie du désert : le secteur 8 de l'immense champ pétrolifère sur lequel Qaher avait été affecté. Avec leurs lumières rouges et blanches, ils rappelaient, dans la fraîcheur de la nuit, une collaboration mystérieuse entre l'homme et la terre. Des tubulures de cheminées, qui montaient dans le ciel nocturne, sortaient parfois des langues de flammes. Les bras des forages allaient et venaient. Ils montaient et descendaient, avec un rythme lent, se penchant tendrement vers la terre, imitant les gestes d'une parade amoureuse. De temps à autre, surgissaient deux rayons blancs qui illuminaient le ciel ou plongeaient dans les ravines : les phares d'une jeep qui traversait le champ. Tout ici était vivant.

Qaher affectionnait particulièrement ces moments de solitude le soir, lorsque la nuit rendait les lieux aux machines et que les hommes se faisaient rares. Dans la journée, on ne voyait que des constructions disgracieuses s'élevant dans la chaleur écrasante et la poussière, des structures métalliques dont le piston battait le sol et qu'il fallait contrôler en permanence ; un travail épuisant et ingrat. Dans la journée, on voyait se dresser les barrières électrifiées qui protégeaient l'exploitation, qui signifiaient le danger, le profit, l'abolition de l'espace libre.

Mais la nuit ! La nuit créait une intimité toute particulière. Les stigmates du jour étaient à peine visibles. A l'heure où hommes et bêtes dormaient, toute l'adversité de la technologie s'estompait. La puissance elle-même devenait harmonieuse. Elle se trouvait légitimée. Qaher n'était plus là pour contrôler, tel un esclave, mais pour prendre soin de son domaine, comme un propriétaire. Sans doute les risques étaient-ils augmentés. Un incident survenant de nuit était plus difficile à maîtriser. Mais cette concorde, ce sentiment de réconciliation avec le désert, lui permettait de se couler dans l'immense machine, de faire corps avec elle. En tendant la main, il avait même le sentiment de pouvoir la sentir vivre.

D'une certaine manière, on pouvait dire de Qaher qu'il avait retrouvé le désert. Mais en fait, le désert n'était pour lui qu'une donnée secondaire de sa nouvelle situation. Lui importait avant tout ce qu'il avait trouvé au bout de la route : l'immense complexe pétrolifère.

Immédiatement, il en avait senti la puissance. Une puissance tangible, massive, intense, qui pliait à son service des milliers d'êtres et de machines et les faisait travailler en rythme, dans la même direction, en ébranlant le sol. Enfant, il avait soupçonné l'existence de cette puissance dans le ronronnement mécanique du camion du père, la lumière des lampes à pétrole dont celui-ci inondait ses invités pour leur imposer le respect et étaler sa richesse, le fracas du chantier de construction du palais de justice de Raqqah, où la justice se comptait en billets de banque. Il avait découvert, ici, combien elle était supérieure à tous ses rêves. Organisée, planifiée, efficace, enfin restituée à elle-même, elle s'était révélée capable d'arraisonner la terre, de pénétrer dans ses entrailles. Il avait goûté cette puissance. Depuis huit mois il y collaborait. Elle l'avait investi. Il était une part de cette puissance. Chaque jour un peu plus.

Le poste de surveillance se trouvait derrière la butte. Il immobilisa sa jeep dans un creux du terrain, coupa le moteur, et descendit. Là il se sentait à l'abri, à l'unisson du martèlement de la terre qui vibrait sous ses pieds.

Il n'avait nulle envie de retrouver l'odeur de café et de plastique chauffé des préfabriqués qui servaient de local, nulle envie d'inhaler les émanations de pétrole qui l'envahissaient régulièrement en dépit des efforts des techniciens. Pas encore. Il avait lu Proust, au lycée. Le pétrole et le bourbon seraient sans aucun doute sa "madeleine". Mais pour l'heure, il avait trouvé une nouvelle harmonie avec le désert, à aucun prix il ne voulait la gâcher. Si seulement il trouvait les mots pour faire comprendre tout cela à Fadia ! Accoudé sur le capot encore chaud du véhicule, il réalisa brusquement qu'il n'était jamais allé dans le désert avec elle. Ensemble, ils n'avaient vu que les rues de Raqqah. Une fois, ils avaient poussé jusqu'au seuil de la ville, s'étaient rendus sur les remparts d'Al-Mansour. Au seuil, pas plus loin. Comme si le désert avait été une frontière, un autre monde, un monde où Fadia n'avait pas sa place.

Il prit une profonde aspiration, ramassa un peu de sable qu'il laissa filer entre ses doigts, puis s'accouda à nouveau sur le capot. Cela n'avait aucun sens. Et pourtant, il n'imaginait pas Fadia ici, auprès de lui. Dans le désert, elle n'était pas à sa place. C'est comme s'il y avait eu deux univers. Et Qaher ne parvenait pas à savoir si lui-même avait une place dans l'un d'eux.

Le petit appareil qu'il portait à la ceinture se mit à vibrer. On le réclamait. Il fit quelques pas. La vibration persistait. Il retira l'appareil, appuya sur un bouton pour signifier qu'il avait bien reçu le message, s'attarda encore quelques secondes, puis fit demi-tour. A contrecœur il s'installa au volant de la jeep, remit le moteur en marche, enclencha la vitesse et reprit la piste de sable. Le choc sourd de la terre se fondit dans les vibrations du véhicule.

37

Le dromadaire, vautré sur le sol, indisposait Qaher. Non la bête, à vrai dire, mais ce qu'elle représentait. Depuis un moment, Fadia tournait autour, comme n'importe quelle touriste, en le flattant, en grattant son poil dru, se penchant régulièrement vers lui. On eût dit que les deux, bête et femme, cherchaient à le narguer. Ils formaient d'ailleurs un couple singulier, comme s'ils jouaient leur propre rôle dans ce paysage abstrait à force d'artifices. Qaher s'humecta les lèvres. Le soir commençait à tomber. Ils avaient visité quatre des villages qui bordaient l'oasis immense, celui-ci était le cinquième.

Un soleil rouge embrasait le sommet des dunes. Le spectacle aurait pu être magnifique s'il n'y avait eu cet arrière-goût factice et, surtout, si Qaher n'avait ressenti un pressant désir de partir. L'étendue aménagée, capitonnée d'herbe trop verte le mettait mal à l'aise. Pourquoi Fadia avait-elle insisté pour y venir ? Dès le premier regard, il avait bien vu que les choses ici allaient tromper son attente. Chaque instant passé confirmait son sentiment. Cela crevait les yeux. Fadia, le dromadaire, l'herbe, le vent, la lumière, les touristes bruyants que déversaient des cars climatisés, les habitants, la disposition des lieux, chacun mentait pour son compte, s'inventait une réalité qui n'était qu'empruntée. Oh, sans doute la muraille de sable orange et or scintillant qui cernait la plaine où verdoyaient les cultures était-elle d'une grande beauté, et les étagements de dattiers, promesses de douceur. Seulement, qu'y avait-il de *vrai* dans tout cela ? La plupart des gens pouvaient s'y tromper. Lui, non. Il avait trop bien connu les conditions de vie des Bédouins, leur dureté, leur oppression même, pour accepter cette contrefaçon. Il ne manquerait plus qu'une tribu nomade, tout à coup, se profile sur la crête des dunes, silhouettes noires sur fond écarlate, avançant lentement vers le point d'eau, pour que l'illusion soit parfaite !

Fadia avait décidé de passer la journée aux alentours. Il ne connaissait pas Liwa. Qaher avait accepté, se disant qu'au retour, peut-être, ils pourraient faire un détour par les champs pétroliers plus au nord.

Au premier coup d'œil, la verdure étagée sur les pentes, les vergers de palmiers couvrant les vallons, l'eau en abondance, puisée aux puits ou aux citernes, le soleil incandescent et la fraîcheur des tentes : la vie, dans le désert, pouvait paraître idyllique. Etait-ce ce dont elle l'avait voulu convaincre en le traînant ici ? Elle savait pourtant d'où il venait, elle le connaissait, elle ne pouvait ignorer que cette mise en scène finirait par l'agacer.

Le désert, c'était l'hostilité que l'on devait vaincre, il fallait ne l'avoir jamais connu pour croire qu'il fût autre chose. Les Bédouins avaient tiré toute leur force de leur lutte contre le désert, certainement pas de sa douceur. Ils l'avaient dompté à leur manière, mais savaient qu'il restait aussi dangereux qu'un serpent endormi. Pourtant, même cette farouche superbe du nomade ne le séduisait plus. Cela aussi elle aurait dû le comprendre. Il avait appris une autre manière de dompter le désert, moins pittoresque que ce que montrait Liwa, plus âpre, mais plus moderne, plus *réelle*. Bien sûr, les cars de touristes ne s'arrêtaient pas sur les forages. Sans eux pourtant, cette image de carte postale où Fadia l'avait entraîné n'aurait pas eu d'existence. Et puis, il y avait eu tous ces petits détails qu'il avait relevés, comme les télévisions sous les tentes, la pompe qui tirait l'eau du puits, et la route bien tracée par laquelle arrivaient les camions remplis de fourrage. Le nomadisme, ici, était un souvenir, une image. Fadia aurait dû le savoir. Que cherchait-elle à lui dire ?

Elle s'attardait auprès du dromadaire docile. Dans l'ombre d'un auvent, un vieil homme cousait un harnais en fumant une cigarette. Assis sur son tapis, il donnait l'impression d'être hors du temps. Avec son visage buriné par le vent, il aurait bien pu vivre au VIe siècle, à Médine. En le lui demandant, peut-être même aurait-il pu raconter les armées de Mahomet. C'est à cela que songeait Qaher lorsqu'il fut interrompu par un Européen qui lui demanda abruptement de se pousser pour mitrailler le vieil homme avec son appareil photo. Tout ici, même les rêves, était finalement gâché, se dit-il.

Une petite fille, vêtue d'une djellaba assez sale et déchirée, s'était approchée de Fadia. Elle devait avoir une dizaine d'années. Ses cheveux coupés, ébouriffés, lui donnaient un air franc. La boucle d'oreille en argent que portait l'enfant mettait une tache claire sur son visage mat. Elle tendait la main. Fadia, qui avait abandonné le dromadaire à son immobilité, s'était approchée d'elle et paraissait lui parler. D'un seul et même mouvement brusque, Qaher les rejoignit et intima à l'enfant l'ordre de partir. Celle-ci ouvrit de grands yeux. Il réitéra son ordre le visage plus fermé encore, presque menaçant. Comme elle ne bougeait pas, il se détourna et, sans un mot, entraîna Fadia à sa suite en dépit de ses protestations. Ils regagnèrent la voiture.

— Pourquoi as-tu fait cela ? demanda Fadia alors que Qaher, l'ayant lâchée, s'installait au volant.

Il lui répondit, d'un ton cassant :

— Elle n'a pas à mendier.

— Elle venait toucher le tissu de ma robe !

— Il y a beaucoup de façons de mendier, Fadia. Rentrons, je ne veux plus discuter de cela.

38

Des flammes embrasaient l'horizon, plus ardentes que le soleil couchant. Des vagues de chaleur inhabituelles balayaient le soir. Le hurlement des sirènes portait, loin, exagérément loin, inquiétant et absurde dans l'espace déserté par les hommes et les bêtes. Sur la route, si calme de coutume, des cohortes de véhicules fonçaient, pleins phares, droit devant. Jeeps, camions-citernes, ambulances, escouades de pompiers. Pareil à une nuée de sauterelles, tout cela se précipitait vers le lieu de l'incendie.

L'un des camions rouge sang avait versé dans le fossé. L'attroupement qui s'était fait autour de lui, les gyrophares bleu et blanc de l'ambulance, les étincelles qui jaillissaient du contact de la scie sur l'acier, les cris des hommes désemparés qui cherchaient à désincarcérer les occupants, rien ne semblait devoir ralentir la hâte furieuse des moteurs qui les dépassaient dans un sifflement rageur, au milieu d'une envolée de poussière.

C'est qu'il y avait urgence. L'un des puits du secteur 8 avait explosé en fin d'après-midi, sans que l'on sache encore pourquoi. Depuis maintenant plusieurs heures, un feu immense dansait à son sommet, une bacchanale démoniaque, soulevant des bourrasques de flammes, menaçant le reste des installations qu'une lueur lugubre, orangée, avait déjà envahi.

La chaleur à proximité du foyer était insoutenable. Malgré les combinaisons ignifugées, les hommes luttant contre le feu avançaient en se protégeant le visage avec le bras. Plusieurs d'entre eux avaient déjà été évacués, étouffés par un brusque revirement du vent qui avait rabattu sur eux le nuage âcre du pétrole enflammé. Mais le pire, ce n'était ni la chaleur ni les vapeurs toxiques, ni l'odeur nauséabonde ; c'était le bruit. Un bourdonnement sourd, puissant, un ronflement qui couvrait le reste. Pour peu que l'on s'approchât du geyser de flammes, on entendait rugir une clameur de colère, de vengeance, qui s'échappait du cœur de la terre et qui semblait devoir durer toujours.

L'installation était illuminée comme en plein jour. Les énormes citernes, les tubulures d'acier, les blocs de béton ou de matériaux préfabriqués, toute cette inhumaine architecture qui avait poussé ses racines dans l'immensité du désert aurait pu sembler irréelle sans le souffle titanesque de l'incendie.

Dans les baraquements, après l'affolement des premières heures, l'abattement s'était installé. Chez les ingénieurs surtout. L'inconcevable s'était produit. L'accident qu'ils avaient charge de prévenir, l'accident qu'ils étaient payés pour empêcher avait eu lieu. D'où provenait l'erreur ? Qui était responsable ? Car moins importaient pour la Compagnie, ils le savaient, les manques à gagner, moins importaient les hommes qui pouvaient souffrir, voire mourir en combattant le feu, que la recherche des responsables. Inutile d'alléguer l'imprévu. Dans cet univers d'efficacité absolue, c'était bien la dernière des choses que l'on pouvait évoquer. Et quand bien même, après enquête, on conclurait à la fatalité, quelques-uns, parmi eux, devraient payer. C'était certain. Or, tous avaient quelque chose à se reprocher. Peut-on faire un travail sans prendre en même temps un risque ?

Certains venaient tout juste d'arriver. Encore ensommeillés, ils regardaient, à travers les reflets roussâtres de la vitre, la catastrophe secouer le complexe comme un monstre affamé. S'ils avaient eu un brin de religion, ils auraient prié. Mais ils n'avaient pas cette ressource. Ils ne pouvaient que contempler, impuissants, le combat que dehors menaient pompiers et ouvriers. Personne n'avait le cœur à parler.

Tout à coup, il y eut une explosion. Une jeep s'était approchée de trop près du foyer et une saute de vent avait rejeté les flammes sur le véhicule. Les trois occupants n'avaient pas eu le temps de réagir. Emprisonnés dans la tempête de feu, ils n'avaient pas pu abandonner le véhicule avant que le réservoir, chauffé à blanc, n'explose comme une pastèque d'acier, de tripes et de sang. Les fragments de métal tordus et de membres déchirés volèrent, haut dans le ciel, puis s'abattirent en s'enfonçant dans le sol. Après une brève mais violente bataille, on parvint à retirer les restes des corps carbonisés. On les enveloppa dans un linge blanc, et on les déposa en retrait de la tente-hôpital. On n'avait pas le temps de faire plus pour eux. Le feu enflait. Les ouvriers exténués s'étaient rassemblés à l'écart du sinistre. Ils contemplaient, la mort dans l'âme, ce puits sur lequel ils avaient peiné tant d'heures se disloquer, se tordre, gémir dans le brasier.

L'aube était encore loin. Nul n'imaginait pouvoir circonscrire l'incendie d'ici là. L'eau que l'on déversait par milliers de litres n'aurait jamais gain de cause. On le savait. Seul le souffle d'une explosion bien préparée pouvait éteindre les flammes. Encore fallait-il que les artificiers puissent placer leurs charges. On verrait cela plus tard. Pour l'instant on déversait de l'eau pour empêcher l'extension de l'incendie. On avait déjà vu un feu s'étendre aux autres puits. Et c'est cela que l'on redoutait à présent. On s'efforçait de l'éviter, mais la puissance des flammes faisait douter de tout.

Sur une petite colline, au nord du complexe, des hommes, des femmes, des enfants, installés sur des tapis à même le sol, contemplaient en silence l'agitation dans la plaine. Les Bédouins étaient venus au spectacle.

39

Qaher avait littéralement jeté sa voiture sur l'étroite piste, à toute volée, sans raison, pour le plaisir de la vitesse ou simplement peut-être parce qu'il s'était senti happé par la nuit. Il avait conduit, tout au long de la route, les mâchoires serrées, se concentrant sur le bruit du moteur, cherchant en vain à percevoir, à travers lui, le crissement du sable, le frottement des roues. Fadia, elle, s'était contentée de regarder droit devant sans plus parler. Ils avaient quitté Liwa, l'humeur sombre, sans s'être expliqués.

La nuit était tombée en chemin, au moment où, laissant l'autoroute à Hamim, il s'était engagé sur la piste. Fadia, fatiguée, avait renoncé au dîner qu'il lui avait proposé. La route pour retourner à Mascate était longue ; il n'avait pas insisté. Pendant longtemps les phares du véhicule n'avaient éclairé qu'un paysage monotone de crêtes. Puis ils étaient descendus vers la mer et les habitations.

Ils pénétraient sur les premières avenues de la ville lorsque la jeune femme rompit le silence.

— Je ne comprends pas, dit-elle sans bouger la tête, ce qui t'a pris tout à l'heure, avec cette fillette.

Les mains de Qaher se crispèrent sur le volant. Il s'attendait à quelque chose comme cela. Mais Fadia n'y fit pas attention. Elle continuait, fixant toujours la route, d'une voix qui parvenait assourdie à Qaher, lointaine. Non pas d'un éloignement physique ; mais un écart temporel, une voix venue du passé et qui le tirait vers le passé. Elle lui faisait des reproches, le comparait à ce qu'il avait été, lui rappelait qu'à Raqqah il avait prétendu détester l'injustice, préférer comprendre que juger, alors que maintenant, parce qu'il travaillait comme ingénieur dans un complexe pétrochimique pour le compte d'une compagnie occidentale, il s'autorisait des gestes brusques, des paroles et des attitudes de mépris. Elle désapprouvait ce qu'il était devenu, trouvait qu'il s'était renié, que cette appartenance à deux mondes aussi dissemblables que le désert et l'Occident lui portait préjudice, faisant de lui un être sans attaches.

Qaher écouta ces récriminations, puis finalement eut un mouvement d'humeur, au moment où il s'engageait dans un carrefour :

— Quel rapport tout cela a-t-il avec ce qui vient de se passer ?

Il n'en voyait aucun, ne voulait en voir aucun. Il avait l'impression que Fadia cherchait n'importe quel prétexte pour exprimer le ressentiment qu'elle éprouvait depuis des années et qu'elle avait retenu jusqu'à présent. La réponse qu'elle lui donna – qui n'en était pas une : "C'est la même chose. Mais tu as tout oublié." – le confirma dans son sentiment et le convainquit qu'il lui fallait parler à son tour. Il n'aurait pas dû s'enfermer dans le silence comme il l'avait fait depuis leur départ de Liwa.

Il commença donc, tout en cherchant sa route, à se justifier. Il voulut le faire sans colère – il n'en éprouvait aucune, simplement de la lassitude devant tant de malentendus, c'est tout –, avec calme, de manière presque méthodique. Non, il n'avait rien oublié. Ni le palais de justice de Raqqah, ni le sort fait à son oncle, ni les humiliations subies. Rien. Il avait toujours en mémoire le gros juge adipeux, le mépris du père, les intrigues de la belle-mère, la méchanceté de tous ceux-là. Mais à quoi bon revenir là-dessus ? Il n'était plus à Raqqah. Il n'était plus le petit Badawi dont on pouvait se moquer. C'est juste, la puissance le fascinait. Mais déjà, lorsqu'il était enfant, elle l'avait fasciné, et intimidé aussi, surtout parce qu'elle lui paraissait inaccessible. Aujourd'hui, en tant qu'ingénieur, il y avait accès et en tirait profit. Qu'y avait-il de mal à cela ? Il n'en était pas devenu cynique pour autant, comme elle le laissait entendre.

Il essaya, à la lueur orangée des réverbères qui se succédaient des deux côtés de l'avenue, de faire comprendre à Fadia que si cette force, cette puissance, lui avait fait du mal à Raqqah, c'est qu'elle était la force des faibles. La vraie force était sûre d'elle-même, elle était productive, et son travail…

Fadia interrompit brutalement son développement :

— Te souviens-tu des lettres que tu m'écrivais lorsque tu es arrivé en France ?

Qaher ne répondit pas immédiatement. Le silence s'établit de nouveau. Fadia, cette fois, ne fit rien pour le rompre. Elle attendit. L'avenue sur laquelle ils roulaient à présent était largement éclairée, la circulation y était rare. Des lumières orange, vertes, jaunes, blanches, scintillaient tout au long. Au grand bâtiment qu'il entrevit sur sa droite, Qaher sut enfin qu'il était sur le bon chemin et qu'il ne tarderait pas à arriver. Les lettres… Oui, il s'en souvenait. Sans trop y prêter garde il grommela ce qui pouvait ressembler à un "oui", et que Fadia interpréta comme un assentiment :

— Et te souviens-tu que tu y parlais d'un enfant ? dit-elle.

Cette question prit Qaher au dépourvu :

— Oui. Bien sûr. Je…

— De *notre* enfant ?

Tout en disant cela, Fadia s'était tournée vers lui et le fixait d'un regard intense qui le gêna. Il fut sur le point d'arrêter la voiture, pour avoir enfin, avec elle, l'explication qu'il avait tant de fois remise, mais Fadia avait d'autres choses à dire.

Il aurait pu s'irriter devant ce rappel incessant du passé, cette manière qu'elle avait de ne pas vouloir écouter ce qu'il lui disait. Mais en la regardant du coin de l'œil, il trouva étrange de la savoir, dans cette voiture traversée de lueurs multicolores, filant au milieu du décor moderne de l'avenue, où transparaissaient, de-ci, de-là, des traces du désert tout proche. Elle ne portait pas de châle ; son ample chevelure nimbait son visage, lui donnant une dimension qu'il ne lui avait jamais connue.

— J'avais peur, lui disait-elle, peur de venir, tu sais. Peur de trouver un étranger, un inconnu. La dernière fois que je t'ai vu… Comme il ouvrait la bouche, elle l'interrompit d'un geste : Oui, c'est vrai, tu m'as écrit pour m'expliquer pourquoi tu n'étais pas repassé par Alep. Mais qu'est-ce que cela change ? Depuis ton départ, je veux dire ton premier départ, il ne s'est pas passé un jour, pas une heure, sans que je pense à toi. Tous les matins j'allais voir le courrier. Tous les matins, en dépit de ton silence, j'espérais recevoir une lettre. Tous les matins !

Inconsciemment, Qaher avait accéléré. Il n'avait rien à répondre à ces récriminations. Il sentait bien le poids de sa faute envers elle, une faute qu'il avait essayé d'éluder en parlant de puissance, de travail. Il savait qu'il avait toujours évité d'y penser. Comme souvent dans ces cas-là, il s'était dit que les choses s'arrangeraient d'elles-mêmes, que l'amour de Fadia faiblirait, qu'il disparaîtrait. Mais cela ne s'était pas passé ainsi, et à présent il était inutile de dire qu'il regrettait. Cela ne servait à rien. Alors Qaher resta silencieux.

40

— Ne joue plus avec moi, Maïouf, s'écria-t-elle brusquement !

Tous les arguments qu'il avait préparés, sur le passé, le temps, l'enfance, sur lui, sur elle, tous ces arguments s'effondrèrent d'un seul coup. Toutes ces raisons valaient pour la jeune fille de ses souvenirs. Or en se tournant, il venait de découvrir à ses côtés, palpitante, une femme en qui il reconnaissait à peine la Fadia qu'il avait aimée, une femme que la semi-pénombre rendait plus mystérieuse encore. Sans le vouloir, il plissa les yeux. Un instant, le monde autour de lui disparut. Il avait ouvert la bouche pour parler, mais il restait là, suspendu dans son mouvement. Au bout de ce qui lui parut une éternité, il finit par bredouiller quelques mots, venus d'il ne savait où :

— Laisse-moi le temps.

— Du temps pour quoi faire, Maïouf ?

Une ombre se profila dans le hall du foyer qui détourna son attention. La surveillante venait de quitter son guichet et s'affairait autour de ce qui devait être une table basse. Elle s'apprêtait manifestement à fermer, et devait probablement ranger le désordre laissé par les étudiantes.

— Elle va fermer, je ne peux pas rester, dit Fadia. Retrouvons-nous demain.

— Oui, répondit Qaher qui ne maîtrisait plus la situation.

— Demain, répéta Fadia, et elle disparut dans une lumière pâle.

41

Qaher avait pris, pour la nuit, une chambre dans l'un de ces bâtiments sans grâce qui jalonnent la corniche de la ville, un immeuble bas, presque anonyme, mais néanmoins pourvu d'un certain luxe intérieur. En arrivant dans cette cité aux allures traditionnelles – qui gardait les traces de son ancienne ouverture sur la mer, du commerce et de la pêche qui l'avaient fait vivre avant que la terre dégorge sa richesse –, il n'avait pas réfléchi et s'était présenté au guichet du premier hôtel sur sa route. Depuis quelque temps, il avait pris l'habitude du confort, mais Fadia et son cortège de souvenirs lui avaient rappelé la vie qu'il avait connue dans la maison de torchis de la grand-mère, sous la tente les jours de fête ; il avait jugé amplement suffisants les services que lui offrait l'hôtel. Là, un autre détail lui avait rappelé la Syrie : les portraits du sultan, trônant au mur de la réception, comme à Raqqah, ceux du président qui couvraient les murs des échoppes.

Les rues étaient vides. Il avait roulé à vive allure avant de ralentir en abordant l'entrelacs des ruelles qui devaient le conduire vers le port. A présent, l'immeuble carré, blanc, se profilait au bout de l'avenue. Sur le chemin, des centaines de pensées s'étaient agitées dans son esprit. Après le départ de Fadia, il avait été furieux contre lui-même, furieux de n'avoir pas su s'expliquer, mais furieux surtout de la confusion qui l'avait saisi. Très vite, cependant, il s'était mis à songer à sa dernière phrase, et au sourire complice de Fadia.

Du temps. Qu'avait-il voulu dire par là ? Du temps pour lui revenir ? Cela signifiait-il qu'il désirait renouer avec elle ? C'est vrai que depuis sa descente d'avion, il ne l'avait pas véritablement regardée. Vrai aussi qu'il n'avait voulu noter que ses changements extérieurs, jusqu'à ce soir, jusqu'à ce que, dans la mauvaise lumière de la rue, lui soit apparu son visage, et à travers lui qu'il découvre combien elle était devenue femme. Serait-il en train de tomber à nouveau amoureux de Fadia ? Se pouvait-il que renaisse cette histoire ancienne, après tout ce qu'il avait vu, tout ce à quoi il avait renoncé aussi ?

Lui étaient revenus, alors, les premiers temps de leur rencontre. Fadia avait été la seule personne qui l'ait jamais accepté pour celui qu'il était, un Badawi sans famille. Et il l'avait blessée, durant toutes ces années.

Il aurait dû lui écrire, plus souvent. Sans doute. Il avait cru pouvoir écarter son image, pouvoir remiser leur histoire dans un recoin de sa mémoire. Mais maintenant il ne savait plus.

Il se souvint du sourire qu'elle lui avait adressé en sortant de sa voiture. Un sourire merveilleux. Il ne lui avait jamais avoué qu'elle avait un adorable sourire. Le sourire d'une femme façonnée par les dieux pour être heureuse comme il s'en était fait la réflexion la première fois qu'il l'avait vue. Elle lui avait demandé, un jour, s'il la trouvait jolie. Il ne se souvenait plus de sa réponse. Mais en remontant la route qui le menait à son hôtel, il savait ce qu'il lui répondrait. Elle était plus que cela. C'était quelqu'un que l'on voudrait… Oh, non pas sauver, mais voir heureux, tout simplement.

Elle lui avait écrit qu'il l'aimait sans oser l'avouer. Est-ce que le fait de penser à elle comme à une femme qui mérite d'être heureuse voulait dire qu'il l'aimait ?

Il avait conduit en remuant toutes ces pensées et d'autres encore, bien d'autres, jusqu'à ce qu'il arrive en vue de son hôtel.

Qaher gara sa voiture le long de la corniche et prit une profonde inspiration. Il rassembla les pensées éparses qui l'avaient traversé et les ordonna jusqu'à la conclusion : si aimer une femme c'était ressentir le trouble qui l'envahissait, si aimer une femme c'était savoir, comme il en avait à présent la certitude, qu'elle avait pris toute la place dans le plus profond de son être, alors, oui, il devait avouer qu'il aimait Fadia.

Curieusement, Qaher accueillit cette "révélation" avec sérénité. Il eut l'impression qu'un nœud venait de se dénouer. Il resta quelques instants, assis dans sa voiture, un vague sourire flottant sur ses lèvres, puis enfin se résolut à sortir. Dehors, l'air était tiède. Qaher se dirigea vers l'hôtel à pas lents, méditant sa nouvelle certitude.

Délaissant la nuit des néons et des lampadaires, il passa les larges portes vitrées qui s'écartèrent en silence, comme pour une révérence, traversa le hall au tapis moelleux, et préféra les escaliers à l'ascenseur. Une énergie neuve l'habitait, une énergie devant laquelle la puissance sur laquelle, peu avant, il s'était heurté reculait. Demain, il retrouverait Fadia. Demain, il lui parlerait. Il lui dirait ce qu'il avait sur le cœur, dans le cœur.

42

La situation était stupide. Il n'était pas loin de 19 heures et, après la journée la plus absurde qu'il ait jamais vécue, Qaher devait encore attendre que l'on décide de son sort. Tout cela avait commencé la nuit dernière, une fois la porte de sa chambre franchie, alors même que l'espoir avait réchauffé son cœur. Il avait découvert un billet bien plié, posé sur sa table de chevet. Une missive officielle de la Compagnie qui l'avait fait chercher dans tous les hôtels et lui annonçait la catastrophe survenue sur le secteur 8 du complexe, son secteur, et lui enjoignait de rallier son poste de toute urgence, dans la nuit même. Sous l'effet de l'euphorie, il n'avait rien vu de curieux dans cet ordre ; un désagrément, une longue route à faire tout au plus. Il avait donc rassemblé ses affaires, essayant vaguement d'imaginer ce qui avait pu se passer, espérant surtout régler au plus vite le problème. Puis il était parti, en hâte, sans prendre le temps de joindre Fadia. Comment l'eût-il fait d'ailleurs ? Passé une certaine heure, le standard de son foyer refusait de répondre.

La nuit, sur la route, le long de la côte comme à l'intérieur des terres, il n'avait eu qu'une obsession : revenir à l'heure et la retrouver sur cette place où ils s'étaient donné rendez-vous. Comme il avait du temps devant lui – un temps interminable –, il avait alors cherché à reconstituer l'image de Fadia. Non qu'il ignorât à quoi elle ressemblait ; il voulait seulement détailler, encore et encore, considérer dans ses moindres détails le visage de cette Fadia secrète, énigmatique, qu'il avait découvert, plus tôt dans la soirée. Sans doute était-ce une manière de prolonger le trouble qui l'avait saisi, mais justement… il n'avait pas envie de le quitter. La raison pour laquelle on l'avait convoqué en pleine nuit aurait dû occuper son esprit ; pourtant, il n'y pensait pas. Il ne pouvait s'arracher à l'émoi amoureux qu'il ressentait. Il ne voulait songer qu'à Fadia. Pour reconstituer l'image de la jeune femme, il s'était aidé du clair souvenir qu'il avait conservé de son visage, d'adolescente, et de celui de la femme qu'elle était devenue. Mais malgré tous ses efforts, les traits de Fadia s'étaient mis à danser devant ses yeux, s'éparpillant dans le paysage qu'éclairaient les phares de la voiture, se superposant ; c'était comme si ce visage désiré voulait se jouer de lui. Seul le nimbe de la chevelure ne se dérobait pas. Il s'était alors souvenu de ce que disait Omar Khayyam :

Toi dont le visage est un modèle pour le lys, ô ma jolie !
Toi, de la beauté même image fidèle, ô ma jolie !
Le roi de Babylone inventa le jeu d'échecs
D'après tes mouvements savants, ô ma jolie !

Il avait eu comme une illumination. Il fit appel aux poètes – dont il avait tellement négligé la pratique ces dernières années – pour fixer les traits dansants ! Il n'était plus en mesure, dans ce couloir, de se souvenir de tous les vers qui lui avaient traversé l'esprit au long du chemin. Mais, grâce aux poètes, il était parvenu à retenir, un à un, les éléments du visage de Fadia, son ample chevelure, ses prunelles noires, ses pommettes bien dessinées, son nez très fin, que l'âge avait légèrement arqué, ses lèvres pures, toujours prêtes à esquisser un sourire, son petit menton net, tout le visage, enfin, qui avait, comme on aimait à le dire en Arabie, la beauté de la lune. Il avait oublié les vers qui lui avaient permis de recomposer le visage, tous sauf le dernier, parce que celui-ci, il l'avait chanté, crié, murmuré, psalmodié jusqu'à la fin du voyage. C'était un vers tiré de l'un des poèmes qui émaillent les contes des *Mille et Une Nuits*, ces contes qu'il avait appris dans son enfance, entre le désert et Raqqah, et qu'il avait fini par connaître presque par cœur :

Que tu sois près ou loin, ton image
Et ton nom sont toujours sur mes lèvres.

Ce dernier lui était resté et, à cette heure, il résonnait encore en son cœur, mais de manière beaucoup moins légère. Car si, sur la route, la possibilité qu'elle fût loin n'était qu'une tournure poétique, là, dans ce couloir où il attendait, ce couloir éclairé d'ampoules électriques, de jour comme de nuit, elle commençait à prendre une amère consistance.

Pourtant c'est toujours à Fadia qu'il pensait, non pas aux hommes de l'autre côté de la porte qui discutaient de son sort, à Fadia qu'il n'avait pas pu contacter, Fadia qui devait l'attendre en vain, Fadia à qui il devait parler, *dont les cheveux en désordre ont tant brûlé son cœur*, comme disait le poète persan.

Lorsqu'il était arrivé dans les parages de l'incendie, les bras et les jambes raides d'avoir si longtemps conduit, la nuit rougeoyait encore des flammes ardentes du brasier. Des plantons, qui assuraient un périmètre de sécurité, l'avaient arrêté. A la distance où ils l'avaient stoppé, il n'avait pas pu voir grand-chose de la dévastation qui se poursuivait. Mais, à la tension qu'ils manifestaient, aux fréquentes conversations qu'ils avaient par talkie-walkie et aux bribes d'informations qu'ils lui avaient données, il avait compris que ce devait être grave. Après maintes concertations, l'un des hommes lui avait indiqué une zone à l'abri du danger, plus au sud, au-delà des collines. C'est là qu'on l'attendait.

Repu de fatigue, tout occupé par ses pensées, c'est d'assez méchante humeur que Qaher avait rebroussé chemin. Il avait dû rouler à nouveau, un bon quart d'heure, en plein désert, dans les cahots d'une piste à peine carrossable, avant d'arriver au point de ralliement. C'était un gisement, semblable au secteur 8, mais de moindre envergure, et surtout, isolé. Tout y paraissait calme, ordinaire, routinier. Bien loin de la tension qu'il venait de quitter. Après avoir coupé le moteur, Qaher était resté un court instant à écouter l'étrange sifflement du désert, puis il avait pénétré dans les bâtiments. Mais il n'avait rencontré aucun de ceux qui étaient censés l'attendre.

La porte s'était ouverte sur l'équipe de garde habituelle. Eux l'attendaient. Un ingénieur en blanc de travail était venu l'accueillir, délaissant pour quelques minutes son tableau de contrôle. Il l'avait installé dans une salle de repos, et lui avait demandé d'attendre, le temps de prendre contact avec la direction. Que voulez-vous qu'il fasse ? Il avait attendu.

La salle de repos était un bâtiment en préfabriqué, copie conforme de celui dans lequel il avait passé ces derniers mois. Qaher retrouvait les odeurs familières de pétrole et de plastique mêlés et tenait un café transparent et bouillant entre les doigts ; un court instant, il eut l'impression que sa rencontre avec Fadia datait d'une éternité, elle avait été rejetée dans un passé brumeux, et irréel. Mais l'illusion n'avait pas duré. La fatigue et l'inquiétude avaient repris le dessus. Pour tromper le temps, et parce qu'il en avait pour la première fois réellement l'occasion, il s'était mis à réfléchir sérieusement à ce qui l'avait conduit ici. Pour commencer, il ne voyait pas très bien en quoi il était nécessaire de régler cette affaire dans la nuit. Qu'y avait-il à régler d'ailleurs ? Qaher ne parvenait pas à s'expliquer la raison pour laquelle on avait si précipitamment exigé sa présence, et comprenait moins encore pourquoi, depuis près d'une heure, on le faisait attendre. L'incendie s'était déclaré en son absence. Il n'avait aucune responsabilité dans la catastrophe. Quant aux pompiers, à la lutte qu'ils menaient, il n'avait aucune compétence pour les aider. A moins, tout simplement, qu'il ne soit apparu comme la victime désignée. Cette dualité qu'il sentait en lui, ce sentiment, ou devrait-il dire cette réalité, d'être arabe parmi les Européens, et européen parmi les Arabes, pouvait très bien se retourner contre lui. Il était le seul dans ce cas parmi les ingénieurs travaillant sur le secteur 8. Serait-ce là la raison de sa convocation ? Lorsqu'il avait entendu des pas, dehors, Qaher s'était levé.

L'ingénieur était apparu dans l'entrebâillement de la porte avec une mine embarrassée : il n'était pas parvenu à joindre les enquêteurs. Ce n'était qu'une question de temps, sans doute, mais il allait falloir encore attendre. Pour le reste, il ne savait rien. Qaher voulut téléphoner à Durieux, ou à Bensoussan, dans l'espoir qu'ils pourraient l'éclairer. L'ingénieur le lui refusa. Oh, bien sûr, il ne le lui interdit pas de manière explicite. Mais, aux difficultés qu'il faisait, Qaher avait compris qu'il était préférable qu'il n'entre pas en contact avec ses collègues avant d'avoir rencontré les enquêteurs. Dès cet instant, Qaher avait commencé à douter de pouvoir repartir rapidement. Il avait laissé l'ingénieur rejoindre son poste et s'était assis sur une chaise pliable, resserrant sa veste autour de son cou.

Isolé dans la pièce anonyme du bâtiment préfabriqué, le café maintenant froid à la main, assis de manière inconfortable, il avait tenté de penser à Fadia, mais l'enthousiasme qui l'avait envahi à Mascate s'était estompé. Et rien autour de lui n'était en mesure de le raviver. L'inquiétude s'était insinuée dans son esprit. N'avait-il pas ressenti dans l'air, et déjà dans le ton impératif de la missive, une odeur, une vibration, une fébrilité nerveuse qui lui avaient rappelé, d'une manière désagréable, le ton des procès de Raqqah ? A présent, l'attente, le mépris avec lequel on le traitait, cette mise à disposition absurde, sans parler de la nuit et de l'interdiction de téléphoner, l'amenaient à penser que c'était *son* procès que l'on instruisait. Et malgré lui, cloué à sa chaise, étourdi par les néons, il ne pouvait s'empêcher de penser qu'il purgeait déjà sa peine.

Secouant sa torpeur, Qaher était alors sorti du baraquement. Il pensait ainsi pouvoir rassembler ses idées. Dehors, il avait grimpé sur une petite butte pour contempler les installations, les derricks, les lumières par centaines qui couvraient le désert. Le frisson attendu s'était perdu en chemin. Le spectacle ne s'était pas animé. En grattant le sol de la pointe du pied, il n'avait soulevé que de la terre, le sable du désert. Il s'était assis. Le désert, la nuit, la butte, tout cela évoquait quelque chose qu'il ne parvenait pas à fixer. A la place du visage de Fadia qu'il voulait voir, d'autres images lui revenaient : le visage de son oncle au moment de la sentence, des fragments du réquisitoire, des bruits de couloir, des remarques saisies au hasard. Tout cela surgissait sans ordre apparent, avec pour seul lien l'angoisse et la colère. Toutefois, Qaher avait conscience que craindre un quelconque procès, c'était déraisonner. Voyons ! Il travaillait pour une compagnie privée qui n'avait aucun pouvoir légal. Que pouvait-on lui faire ? Au pire, le licencier. Et même cela n'avait aucun sens. Seulement, malgré lui, le désert le narguait. Il était là, le défiait, le tourmentait, il lui rappelait que la puissance, le pouvoir, pouvaient s'autoriser bien plus de choses qu'on ne l'imaginait. Les paroles qu'il avait entendues à son arrivée lui revinrent à l'esprit : un Bédouin mort, cela n'a pas d'importance.

Qaher avait été tenté de s'enfuir. Il se trouvait seul, assis sur le sable, caché par la nuit, personne ne le surveillait, il n'avait commis aucun crime, il n'avait rien à voir avec l'incendie. Il était libre. Fadia l'attendait. Fadia lui importait plus que le reste. Il ne le fit pas. Partir, dans cette ambiance délétère, aurait pu être interprété comme un aveu. Et ici, il le comprenait, les gens étaient à cran, prêts à craquer contre tout et n'importe qui, pour n'importe quoi.

Lorsque Qaher revint dans le bâtiment, l'ingénieur était parvenu à joindre les enquêteurs. Ces derniers l'attendaient, depuis longtemps déjà, dans les locaux administratifs de la Compagnie. Il fallait reprendre la route pour s'y rendre. Qaher prit le volant de sa voiture. C'était l'aube.

43

Dans les locaux administratifs de la Compagnie l'ubuesque situation s'était répétée. Les enquêteurs n'étaient pas là. Ils allaient arriver, lui avait expliqué le gardien de nuit, il n'avait qu'à attendre. Attendre, encore. On lui avait pourtant dit qu'ils seraient là. Il avait dû mal comprendre. Les enquêteurs avaient rejoint Abu Dhabi au milieu de la nuit. Qu'il attende. Qu'il monte donc au deuxième étage. Les enquêteurs étaient en route, ils risquaient arriver d'un instant à l'autre.

Une aube dure commençait à poindre. L'angle de vue des vitres scellées ne permettait pas de voir le soleil se lever à l'horizon, mais la lumière blanchissait. La nuit sans sommeil, les cafés, l'attente, l'irritation, tout cela avait contribué au sentiment de malaise de Qaher. Il s'était senti sale, au-dehors comme en dedans ; sa peau, lui semblait-il, craquait comme après un trop long voyage. Il avait regretté de ne pouvoir prendre une douche. La naissance du jour inquiétait Qaher. Il s'était mis en quête d'un téléphone, passant d'étage en étage, jusqu'à ce que les enquêteurs arrivent.

Ils étaient apparus dans l'entrée irradiée au néon, arborant le visage bouffi des gens qu'on vient de tirer du sommeil. Tout juste un salut, un geste pour indiquer qu'il fallait les suivre, puis ils s'étaient engouffrés dans l'ascenseur. A l'étage ils lui avaient demandé d'attendre. Attendre ! Autour de lui s'étalait un confort sans imagination. Moquette grise, porte vitrée, air conditionné. Qaher attendit.

Lorsqu'on l'avait convié à entrer dans la pièce pour répondre à quelques questions, il y avait pénétré avec un détachement absolu et fatigué. La suite ? Un interrogatoire inepte auquel il avait répondu sans y prêter attention. Il pensait à Fadia. De temps à autre, il notait sans la souligner l'incompétence des enquêteurs en certains points techniques. Il avait aussi été surpris par des questions plus personnelles, plus insidieuses, mais cela aussi, il le constatait avec indifférence. Il pensait encore à Fadia. Le manège avait duré jusqu'à midi. On leur avait apporté des plateaux-repas. Il avait insisté à plusieurs reprises pour qu'on le laisse téléphoner, mais on l'avait retenu sous divers prétextes.

L'après-midi avait été de nouveau consacré aux questions.

A présent, il était 19 heures. L'interrogatoire était arrivé à son terme. Il fallait attendre que l'on prenne une décision à son sujet. Qaher trouvait tout cela dérisoire. Ces derniers jours, il avait eu parfois l'impression de retrouver celui qu'il avait été, bien souvent malgré lui. Mais en même temps, l'enfant de jadis, aux désirs contrariés, s'affrontant à des volontés stupides et viles, était devenu un adulte victorieux. Cette pensée le réconfortait.

Il s'était juré que, cette mascarade étant terminée, il appellerait Fadia, et qu'ensemble ils riraient, comme avant, de ce qui venait d'arriver. Dès que ce serait fini, il rejoindrait Fadia, et ensemble ils iraient dans le désert. Le désert en sa sobre liberté lave de la sottise bien mieux que l'océan. Oui, ils iraient dans le désert. Demain. Ce soir. Il lui parlerait. Il savait tout à coup quoi lui dire.

La porte s'ouvrit violemment, Qaher fut tiré de sa rêverie. Les deux enquêteurs lui faisaient face sans pourtant le regarder. L'un d'entre eux lui tendit une lettre. Qaher se redressa, prit la lettre et, sans l'ouvrir, il demanda :

— C'est fini ? Ils inclinèrent la tête. Je peux téléphoner à présent ?

Ils acquiescèrent.

Qaher glissa la lettre dans sa poche et se précipita dans le couloir. L'ascenseur.

Le hall. Il courut jusqu'à l'accueil et exigea un téléphone. La secrétaire lui tendit un téléphone sans fil, qu'il prit avec avidité. Il composa fébrilement le numéro qu'il s'était mentalement répété depuis des heures. Il demanda à parler à Fadia. Une femme lui répondit :

— Votre amie n'est plus là, monsieur, elle est partie.

— Que voulez-vous dire ? Elle a changé de résidence ?

— Non. Elle est repartie pour la Syrie.

— Mais pourquoi ?

— Je ne sais pas, monsieur, elle ne m'a pas donné d'explications.

44

L'air climatisé avait toujours été poussé trop fort dans le *Columbia Café*. Aujourd'hui plus que de coutume. Il faisait froid. Un comble dans ce monde baigné de soleil. Qaher réprima un frisson. Dans le fond de la salle un pianiste – plutôt une ombre lasse, courbée sur un clavier noir – tapotait sans conviction quelques notes fatiguées. Le bar était désert. Il apparaissait, dans sa nudité, comme une grande pièce morne que l'absence de clients et d'éclairage rendait sinistre. A cette heure-ci, les souks, les plages devaient grouiller d'animation ; sur les installations pétrolifères ou gazières l'énorme machine de fer et d'hommes devait ânonner sous l'effort. La vie était ailleurs.

Qaher poussa un soupir de résignation, remua dans son fauteuil sans parvenir à trouver une position confortable. Depuis le matin. Il avait épuisé toutes les positions. A force, son corps était devenu douloureux.

Face à lui, ses quatre amis, en bras de chemise, sirotaient leur verre. Le secteur 8 n'avait pas encore repris son activité. Ils passaient le temps. Engoncés dans les grands fauteuils de cuir noir, ils affichaient la mine chafouine que l'on a au petit matin, après une nuit de beuverie. Ils étaient épuisés et défaits.

Qaher les regarda et pensa au désert. Il pensa à la lettre que lui avaient remise les deux enquêteurs. Il pensa à Fadia partie parce qu'il n'était pas venu.

Après tant de mois d'un travail irréprochable, après avoir été un ingénieur scrupuleux et attentif, avoir traversé la région d'Habshan, en tous sens, de jour comme de nuit, on l'avait suspendu. La Compagnie l'avait presque licencié, sans pour autant l'accuser d'un incendie dont il ne pouvait pas être responsable.

Les termes froids avec lesquels on lui avait communiqué sa suspension *provisoire* n'étaient rien pourtant par rapport à ceux, tout à coup terribles, qu'avait prononcés la standardiste pour lui annoncer le départ de Fadia. Qaher avait téléphoné à l'aéroport. En vain. Au secrétariat d'Etat à l'enseignement d'Oman. Sans résultat. Fadia était retournée en Syrie, en pensant Dieu seul sait quoi à son sujet. Il n'avait pu ni lui parler, ni la retenir.

Mis à pied, désœuvré, il s'était rendu au bout de quelques jours sur les lieux de la catastrophe. Pour voir, toucher du doigt ce qui lui causait tant de tort. L'incendie n'y avait pas encore été entièrement maîtrisé. Mais la commotion était passée. On avait fermé les puits du secteur que les employés de la Compagnie avaient déserté, laissant les pompiers seuls maîtres des lieux.

Il était resté longtemps à contempler les derricks noircis par la fumée, désormais inactifs. Il avait cherché à retrouver ce goût de puissance qui l'avait saisi quand tout était encore en activité. Il ne l'avait pas ressenti. Ce qu'il y avait eu de tangible, de massif, d'intense, semblait mort dans le repos forcé qui s'offrait à lui. Un immense squelette sans vie défigurait le paysage. Tous ces milliers d'hommes et de machines qu'il avait imaginés, travaillant au même rythme, dans la même direction, ébranlant le sol, étaient absents, ils avaient disparu exactement comme s'ils n'avaient jamais existé. Aussi vaine, aussi mensongère, cette puissance, que celle à laquelle il s'était heurté, enfant, quand il avait dû affronter l'incompréhension de sa grand-mère, le mépris de son père, aussi trompeuse que le fracas du chantier de construction après qu'il eut assisté au jugement de son jeune oncle. Il était reparti, indifférent à cette chose morte, indifférent à son sort.

— A quoi songes-tu, Qaher ? demanda Durieux.

— Cesse de boire. Elle reviendra, crois-moi, marmonna Alvaro d'une voix pâteuse.

— Laisse-le ! intervint Bensoussan, bien qu'apparemment cela lui coûtât un violent effort. Puis il ajouta en marmonnant comme pour lui-même : Nous avons bu autant que lui.

— Allez, ressaisis-toi, insista Alvaro indifférent à la remarque.

Mais Bensoussan, d'une voix devenue subitement très douce, poursuivit d'un air songeur :

— D'autant que rien n'est fait, tu sais, c'est seulement provisoire.

Qaher leva lentement les yeux. Hormis l'heure et les événements récents, il aurait tout aussi bien pu s'agir d'une de ces innombrables soirées, répétitives jusqu'à l'ennui, qu'il avait passées avec eux. Hier encore il en aurait souri. Aujourd'hui, curieusement, il en était attendri.

— Je pensais à mon enfance, dit-il. Le désert.

— Le désert ?

— Oui… Mon enfance se confond avec le désert.

— Tu veux dire qu'il n'y a rien ?

Bensoussan tentait désespérément de le ramener à la réalité, de le reconduire dans la présence de ses compagnons. Malgré son humeur sombre, Qaher ne put s'empêcher de sourire.

— Non, je veux dire que j'ai grandi dans le désert.

Puis, tout à coup, comme une idée venait de le traverser, il se redressa et observa attentivement ses quatre amis. Au même moment, un bruit sourd emplit la salle. Un bruit régulier. Des battements. On avait mis le grand ventilateur en marche. La clientèle n'allait pas tarder à arriver. Qaher regardait ses amis, qui soudain s'étaient tus, l'un après l'autre. Chacun, à sa manière, avait essayé d'alléger sa peine.

Ces gens, qu'il avait toujours considérés comme des étrangers, révélaient aujourd'hui, à la lumière des faiblesses de Qaher et de l'injustice qu'il subissait à lui seul, un visage plus humain. Leur légèreté dans l'ivresse, l'insouciance de la vie facile laissaient place aujourd'hui à une compassion nouvelle, des regards, des gestes, des paroles que Qaher n'aurait jamais soupçonnés de leur part. Il s'en voulait d'avoir été aussi aveugle.

La ruse, il avait voulu s'en convaincre, servait à contourner les différences. Mais combien il s'était trompé ! Jamais il ne serait autre chose qu'un Badawi, un enfant venu du désert, et jamais la ruse ne pourrait effacer cela. Qaher avait voulu s'affranchir de sa naissance. Il avait bu, assis avec les autres, ces bourbons tassés, il avait ri, plaisanté avec eux, il les avait aussi méprisés en silence et enviés parfois, mais en même temps, il était devenu sourd aux battements de son propre cœur, il avait voulu croire qu'il s'était délivré du désert, et que jamais plus celui-ci ne chercherait à le reprendre. Cette sanction que lui infligeait la Compagnie n'était pas innocente. Elle lui ouvrait les yeux. Tout comme Fadia l'avait fait.

David Bensoussan avait abandonné son pessimisme habituel. Ce n'était qu'une décision provisoire, répétait-il, ils s'apercevraient bien que Qaher n'était pour rien dans cet accident. Ils finiraient par s'excuser et le réintégrer. Peut-être David avait-il raison. Probablement, même. Mais c'était sans importance.

Alvaro, qui avait bu plus que de coutume, s'était extasié sur la vieille photographie de Fadia que Qaher avait tenu à leur montrer. Il lui avait trouvé du charme, à tel point que Qaher en fut presque jaloux. Mais le ton légèrement aviné de son ami, et surtout l'image de Fadia, telle qu'il se l'imaginait, l'attendant vainement, l'avaient dissuadé de faire une réflexion. Il ne pouvait qu'en vouloir à lui-même.

Brint n'avait rien dit de particulier. Il était venu. C'était assez. Sa manière de boire parlait pour lui. Il buvait, si singulier que cela puisse paraître, parce qu'il partageait la souffrance de Qaher, et la seule chose qu'il connaissait pour soulager la douleur était de boire. Qu'importait, dès lors, qu'il ait compris le sens réel de sa souffrance ? Sa présence, même silencieuse, émouvait Qaher.

Durieux, lui, avait montré colère et dégoût. Qaher n'aurait jamais soupçonné ça de sa part. Contrairement aux autres, Durieux n'avait pas essayé de le consoler, ne lui avait pas conseillé de prendre patience, n'avait pas flatté sa vanité, n'avait pas pris sur lui sa souffrance, non. Il lui avait dit de tout plaquer, d'abandonner tout ça, de partir, de refaire son existence. Qaher l'avait écouté. Il n'était pas loin de partager son avis. Mais il s'était finalement aperçu qu'à travers sa véhémence, Durieux le poussait à faire ce que lui-même n'avait pas eu le courage d'accomplir : s'en aller.

Qaher reposa son verre à moitié vide. Lui qui avait prétendu ne rien vouloir gâcher ! Il se leva, faisant signe aux autres de rester assis.

— Je vais faire un tour, dit-il.

Mais à peine avait-il fait deux pas qu'il se ravisa, se tourna vers ses compagnons qui le regardaient encore, avec un silence de surprise, et sans bien savoir s'ils pourraient comprendre, il leur lança :

— Je m'appelle Maïouf.

Puis il se dirigea vers la sortie et franchit la porte du *Columbia Café*.

45

Au-dessus des collines, il n'y avait pas de frontière, comme en ce triste jour, cette si triste nuit. Qaher prêta l'oreille. Il les entendait. Des cris d'animaux. Le hennissement des chevaux. Le bêlement des chèvres. Le jappement du renard. Il ne les voyait pas. Il les sentit tout proches en même temps que lointains, vivant hors du malheur des hommes. Tout était là, comme autrefois. Le désert, le ciel, la lune réunis. Une lune rouge, rouge comme l'incendie du derrick embrasant le ciel. L'étendue de sable se déployait devant lui, courbe après courbe. Nulle femme n'allait se glisser hors de la tente, en soulevant la couverture. Nulle forme sombre n'allait se hâter dans la nuit, accompagnée d'un âne. Il était seul pour l'éternité. Seul au milieu du désert.

Pourquoi était-il venu ? Il avait répondu à un appel. Il avait roulé, de voie rapide en voie rapide, l'esprit vide, poursuivant l'horizon, jusqu'à cette autoroute qui s'était arrêtée brusquement, en plein désert, un trait net, comme si on n'avait pas eu les moyens d'en poursuivre la construction. Une route arrêtée, au milieu du désert. Une dernière farce, un signe ? Posées sur sa tête, les étoiles brillaient. Il chercha leur reflet sur le sol, sur une boucle. Inutile. Aucun fleuve ne passait ici, et aucune femme ne s'y rendait. Il fit un pas. Puis un autre. Comme il se sentait gauche et incertain ! Encore un pas.

L'assurance lui vint à mesure qu'il avançait dans la nuit, que disparaissaient les dernières traces humaines, qu'il quittait la bande d'asphalte absurdement suspendue, qu'il s'éloignait de la voiture, dont il percevait encore les relents d'essence, les mêmes que ceux qui accompagnaient le camion de son père, dans lequel il aurait tant voulu monter quand il était enfant. Il s'enfonçait dans la nuit, attiré par les masses noires qui barraient l'horizon, plus sombres que la nuit elle-même. Il reconnut sans hésiter ces dunes, molles, adipeuses, esquissant dans un jeu pervers et mouvant l'ombre du mauvais juge qui avait condamné son oncle et qui semblait l'avoir attendu tout ce temps, ici, justement ici. De simples dunes, amoncellement de sable autour de son village.

Il pressa le pas. Il voulait quitter le sol plat, caillouteux. Il voulait s'enfoncer dans la poussière, entendre crisser sous ses pieds le sable fin. Fouler du pied l'ombre du juge, de tous ceux qui jugeaient sa vie. Il était irrésistiblement attiré par ces courbes souples et fuyantes, ces vagues amples qui coudoyaient le ciel, abolissaient l'espace, se prolongeaient dans l'infini. Comme autrefois. Il voulait rallier ce point mystérieux où la terre cessait.

Devant lui, le néant, l'espace libre, la nuit et les ombres dévoraient la vie. Aucune âme à chasser ou à suivre, mais une angoisse à soulager, comme au jour ancien et premier. Une butte se présenta. Il la gravit. La plaine s'étendait sous le regard d'Adrastée. De loin en loin, des scintillements immobiles nimbaient d'une étrange aura cette terre dévastée, couverte de monticules sans promesse, cette immense vacance qui n'avait jamais été accueillante.

Il s'assit sur le haut de la butte pour se recueillir. Il resta là, laissant simplement son regard s'emplir de la nuit et des réverbérations de la lune sur les pierres. Il eut soudain envie de revoir le fleuve. Une envie impérieuse, sans aucune raison, sans espoir non plus. Mais il ne bougea pas. Pas tout de suite. Il s'inclina, défit avec soin les lacets de ses chaussures, les retira, enleva aussi ses chaussettes, et rangea tout en tas à ses côtés.

Alors seulement il se dressa. Pieds nus, il entreprit de descendre vers la plaine qui lui rappelait le langage des jours révolus, quand il était enfant, ces jours pleins de promesses d'une vie meilleure, de rêves et de joies secrètes. Aux premiers pas il ressentit une vive douleur. Il y avait si longtemps qu'il n'avait pas foulé ainsi le sol aride. Ses pieds, ses jambes, tout son être s'était déshabitué du désert. Enfant il avait tant de fois marché sans guêtres. Le feu et le gel, l'angle aigu des pierres, il les avait connus, éprouvés, surmontés. Il les redécouvrait.

Il avait sur lui des vêtements européens. En venant il n'avait rien préparé, rien prévu. Il avait simplement répondu à un appel. Et maintenant même il ignorait vers où, vers quoi il s'avançait. Mais il avançait, les pieds ensanglantés, refoulant sa douleur, hypnotisé par la mer étale de terre sèche qui avalait l'horizon. Il savait bien qu'il n'y avait pas de fleuve. Mais il allait. Il voulait retrouver le fleuve de sa mémoire, revoir ses berges, les nappes de sel miroitantes.

Un jour, pas si lointain, il avait souhaité s'unir à la terre, se mêler à la nuit, pour oublier sa tristesse, sa peur, ses remords. Il ne l'avait pas pu. A cette époque, il n'était qu'un enfant. Aujourd'hui, serait-il assez homme ? Tout à coup, surgie de nulle part, s'éleva une mélopée, un chant triste et funèbre issu de mille gorges, venu du fond des âges, pour lui, pour lui seul, seul au milieu du désert, une plainte murmurée, psalmodiée, pleurée, déchirante, qui l'encercla.

Il se courba sous le choc. Il tourna sur lui-même. Il leva les yeux au ciel, fouilla les ombres du regard. La plainte tourbillonna, l'enveloppa. Il se mit alors à courir. La plainte le poursuivit. Ses pieds se déchiraient aux angles aigus des pierres. La plainte le poursuivait. Il se boucha les oreilles. La plainte l'enfermait. Elle l'emprisonnait, plus réelle que le ciel et la terre. Il aurait voulu pleurer. Il s'en trouva incapable, tout comme il l'avait été cette nuit-là. Il hurla pour couvrir le chant. Mais le chant traversa son cri.

Elle s'est éteinte comme un feu
qui n'a plus de braises.

Le fleuve, les eaux tumultueuses du fleuve l'en délivreraient. Le fleuve, là-bas, derrière cette dune, ou cette autre, derrière l'horizon, là-bas. Son salut. Le fleuve. Maïouf se rua dans la nuit.

46

— Allô. C'est toi ? Alors, tu sais où il est ?

— Aucune idée. Personne ne sait où il se trouve.

— Mais j'ai la lettre ! Ils ont découvert la cause de l'incendie. Ça n'a rien à voir avec lui. Sa suspension est annulée.

— Je sais, David, je sais ! J'ai lu cette lettre, moi aussi.

— Mais bon sang, où est-il allé se cacher ?

— Si je le savais… Il a tout simplement disparu.

47

“Fadia,

On racontait, dans mon village, une histoire au sujet d’une femme qui était convoitée par un notable. Elle n’était pas attirée par lui, mais c’était un homme important. Elle ne pouvait pas refuser ses avances. Pour lui échapper, elle lui proposa un marché. Il déposerait sur une colline un sac contenant deux pierres : une noire et l’autre blanche. Elle irait alors sur cette colline, seule, et prendrait l’une des pierres sans regarder dans le sac. Si elle revenait avec la pierre blanche, elle serait libre. Si elle revenait avec la noire, elle lui appartiendrait. Le notable accepta.

Mais il mit deux pierres noires dans le sac.

Arrivée sur la colline, la femme ouvrit le sac et regarda à l’intérieur. Elle vit les deux pierres noires. Elle ne pouvait dénoncer la supercherie. Cela aurait été se dénoncer elle-même. Elle prit alors une des pierres et la jeta au loin. Lorsqu'elle revint, elle fit semblant de chercher la pierre qu'elle avait rapportée. Comme elle ne la trouvait pas, on dut se rendre à l'évidence qu'elle l'avait perdue. Qu'importe, dit-elle alors, il suffira de regarder la couleur de la pierre qui est restée dans le sac pour savoir la couleur de la pierre que j'ai prise…

Après ce qui s'est passé, je crains que tu n'interprètes cela comme une parabole sur la ruse des femmes. Ce n'est pas ainsi que je l'entends. En racontant cette histoire, je voulais simplement louer la capacité des femmes à sortir de situations périlleuses sans nuire à quiconque. Les Bédouins ont appris cette sagesse. Je ne suis pas une femme, j'ai oublié que j'étais un Bédouin. Mais toi. J'espère que tu sauras jeter la pierre noire de notre relation.

Depuis mon départ pour la France, nous avons vécu sur des malentendus. Pourtant, je t'adresse ce dernier message pour que tu saches combien mon existence a été bouleversée par ta rencontre. Nos retrouvailles nous ont laissé trop peu de temps pour réapprendre à nous connaître. Je sais ma faute. Je sais que tu m'as attendu à Mascate. Je pourrais t'expliquer pourquoi je n'ai pas pu venir. Pourquoi je n'ai pas pu te prévenir. Je pourrais. Mais il est trop tard. Fadia, tu es la seule femme que j'aie aimée, celle dont l'absence, devenue définitive par ma faute, m'accable. Mais tu exigeais trop de moi, ou trop tôt. Le sens de mes paroles est celui que leur donne un ami, ton seul ami. Ta vie t'est encore promise. Même sans moi. Surtout sans moi.

Souvent, à tes côtés, j'ai eu le sentiment que ton regard passait à travers mon corps. Ce n'était pas même moi que tu voyais, tu voyais quelqu'un meilleur que moi. Peut-être suis-je arrivé trop tôt dans ta vie. Tu parlais d'absolu, de fidélité aux engagements. Nous étions encore des enfants lorsque nous nous sommes engagés. Cette gravité dont nous nous étions chargés m'a fait peur, elle m'a paru inhumaine. J'avais tort. Je le confesse, j'ai trop sacrifié pour supporter l'échec, l'idée seule de l'échec. Nul homme ne peut vivre l'inhumain. J'ai voulu briser le rêve. J'ai eu tort.

Le désert que j'ai rejeté, il m'habite à présent. Je respire son parfum farouche. Cette étendue, vide de ta présence, vide, aujourd'hui, de la possibilité d'être avec toi, aimé de toi, privé de l'enfant que nous aurions pu avoir, celui dont tu rêvais, celui que tu attendais, c'est le destin qui m'étouffe.

Je voudrais tant que nous ayons su rapporter un sac empli de pierres blanches. Je te demande pardon, Fadia. Je pars avec ton image en moi, ta présence à mes côtés. Je pars et je te délie du serment qui nous unissait. Sois libre, Fadia. Et sois heureuse. Sois heureuse, Fadia, si tu m'as jamais aimé."

48

Fadia reposa la lettre. Elle avait la gorge sèche à force d'avoir parlé, psalmodié son histoire. Dehors la nuit était avancée. Elle ne l'avait pas vue descendre, envahir les rues de la ville. A présent, les lumières électriques mêlées à celle des lampes à huile et des lampes odorantes, où grésillait la graisse de mouton – ces lampes dont l'évocation seule lui était douloureuse –, illuminaient Alep. La citadelle était éclairée, ce soir comme tous les soirs, de ces jeux de lumière qui faisaient la fierté des gens d'ici.

En ce jour de vendredi, à cette heure, les hommes devaient s'en revenir de la prière et les femmes les attendre. Mais Fadia était seule, elle n'attendait le retour de personne, et dans la pièce où elle se trouvait, il faisait sombre.

Son travail achevé, elle était rentrée chez elle. Mais ce jour de la semaine était particulier. C'était un jour de prière pour tout le monde, pour elle aussi. Seulement, elle avait sa propre prière, une prière qui ne demandait rien, une prière sans louange ni lamentation, une commémoration, sans tristesse ni nostalgie. Elle s'était assise, sur des coussins finement tissés, et avait entamé son récit.

Il faisait encore jour au début. Mais le récit était long, et à présent que la nuit était tombée, la pièce était plongée dans les ténèbres. Fadia pourtant ne voulut pas allumer. A tâtons elle chercha le petit verre empli de thé à la menthe qu'elle avait préparé et oublié, et but goulûment le liquide à présent froid. Elle posa délicatement le verre aux ciselures dorées sur un plateau de cuivre.

Les années ne l'avaient pas endurcie. Les années ne lui avaient pas apporté beaucoup de joie. Elle jeta un bref regard par la fenêtre qu'elle avait laissée ouverte. De là où elle se trouvait, elle ne pouvait voir que le ciel, un ciel nocturne mais dégagé. Que chantait le poète que Maïouf lui avait fait connaître, quand il était encore à ses côtés ? Que les purs rejoignaient les étoiles.

Elle esquissa un sourire, ce sourire qu'il avait tant aimé du temps de leur jeunesse. Mais depuis, avait-elle souri ? Puis elle chercha dans le ciel. Par jeu. Depuis longtemps elle savait, elle avait trouvé son étoile. D'un éclat timide, dérobé, elle brillait parmi les autres. Il fallait la connaître pour la trouver. Mais l'avait-on une fois trouvée, on ne voyait plus qu'elle.

Fadia eut un soupir de mélancolie. Elle devait accomplir le *rite* jusqu'au bout. L'ombre à laquelle elle s'adressait, l'ombre qui l'écoutait, en attendait la fin. D'une voix morne, en accentuant certains mots, elle reprit :

— Voilà, mon fils, mon fils *que je n'ai jamais eu*, voilà l'histoire du père *que tu aurais dû avoir.*

BABEL

Extrait du catalogue

1050. KATARINA MAZETTI
Entre Dieu et moi, c'est fini

1051. STEFANO BENNI
Margherita Dolcevita

1052. OLIVIER PY
Théâtre complet III

1053. CLAUDIE GALLAY
Les Années cerises

1054. IN KOLI JEAN BOFANE
Mathématiques congolaises

1055. ANDRÉ BENCHETRIT
Impasse Marteau

1056. MARIE-SABINE ROGER
Les Encombrants

1057. PIERRE RABHI
Manifeste pour la Terre et l'Humanisme

Achevé d'imprimer en juillet 2015 par Normandie Roto Impression s.a.s. 61250 Lonrai sur papier fabriqué à partir de bois provenant de forêts gérées durablement pour le compte d'ACTES SUD, Le Méjan, Place Nina-Berberova, 13200 Arles.
Dépôt légal 1re édition : mai 2011.
N° impr. : 1503280
(Imprimé en France)